一树阑珊　一笺春阳　行者无疆

江苏镇江—西藏拉萨

与读者相逢文字，共赏芬芳。

行走西藏的力量

三年援藏行，一生高原情

蒋云峰　著

江苏大学出版社
JIANGSU UNIVERSITY PRESS

镇　江

目录

引言

人们常说：我和世界，只差一个西藏。我却想说：我和西藏，只差一个转身的距离。于是，我便到了西藏。

没有三生三世，只有美丽的遇见。遇见美丽西藏。

人生既是一条满是荆棘的道路，也是一条没有归期的坦途，思想决定意念，意念影响行为。哪怕是路边一株平凡的小草，思想淡然了，意念超然了，纵使寒潮也历练，即使冷风自欣然，这样的人生路途，遇到的才是难忘的风景吧。

我来自于江南的一个普通职工家庭，出生在大漠新疆，"新疆—江苏—北京—江苏—西藏"是我工作、学习和生活的轨迹，如果在地图上绘制，就是两个长长的尾巴再加上一个扁扁的圆圈，虽然简略，可一点儿也不简单。

西藏—拉萨—达孜，就是那个长长尾巴末梢上的一个点。

在过往的岁月里，我有着茫茫戈壁的记忆，有着山水江南的新奇，有着青衫少年仗剑走天涯的青涩梦想，有着参加工作以后的短暂迷茫和始终坚守。

在人生的轨迹里，我有了"个性空间"——安静、稳重、知性和认真深入骨髓，也不断有小小的"成就"和小小的"进步"，日子只是那么按部就班，甚至有些平淡无奇，可一天一天的光阴，依旧荏苒。

2016 年 7 月 12 日——

对于我的祖国和我个人，都有着非常特殊的纪念意义。荷兰海牙的仲裁庭公布由菲律宾单方提起的所谓"南海仲裁案"仲裁结果，中国随即在南海及周边开展实兵对抗军事演习，秀出中国的"肱二头肌"。

而我呢，也在忙忙碌碌甚至有点小感冒的情况下，暂别故土、暂别家人、暂别学校、暂别好友，匆匆还匆匆，踏上行走"天上西藏，云上达孜"的征途。

"南海仲裁案"仲裁发布的当天，我乘坐的航班滞留西宁机场一晚，抵达拉萨上空已是第二天（7 月 13 日）晌午。不出意料，飞机在高空盘旋5 圈，方才安然降落贡嘎机场。

在飞机滑翔降落的过程中，我脑子里忽然闪过俄罗斯战斗民族飞行员的"彪悍"，也有古人"难于上青天"的感慨，今天却真的来到"天堂西藏"。

迟了一天的遇见，对于这一段神秘、新奇和未知的行走——西藏"生命禁地"之行，陡增了一分敬畏和期待吧。

我会记住我的新名字——"援藏干部""高原旅者""边疆行者"。

这些名字赋予我特殊的任务和使命，身体和灵魂有幸接受天空、大地和苍生的洗礼，这都需要一种力量——"行者无疆"。

这种力量只有在岁月的历练中方才愈发清晰，我知道力量的源泉来自哪里。

俯瞰拉萨河

俯瞰青藏铁路

泰戈尔《飞鸟集》中的诗句 "The evening sky to me is like a window, and a lighted lamp, and a waiting behind it（对于我，夜空是一扇窗，一豆灯，灯后有什么在等）""The night's silence, like a deep lamp, is burning with the light of its milky way（夜晚的静默如同一盏深灯，亮着银河的星光）"。

我热爱这个世界，如同热爱自己的生命，那是诗和远方。

2017 年 10 月 13 日，在西藏的一年多光阴转瞬即逝，457 个日夜在心里积淀，我想定格今天的午夜星空、午夜时光。

泡一杯清茶，品味淡淡的乡愁。寒梅疏影，探窗而入。一台电脑，一扇窗棂，一个安静的"高原人"，也算是达孜人吧，谓之"入乡随俗"，表达心情。

默

> 晴天云语，嫣然花开。
>
> 静美清音，提笔惆怅。
>
> 倚窗映绿，浮华草香。
>
> 光影荏苒，繁花一叶。
>
> 莫道几何，静念无相。
>
> 倾城达孜，一缘三生。
>
> 心之所安，即是吾乡。

孕育高原思绪的光，把心事在心底暂时搁浅，掠去浮华，就从这一天出发，让心情放逐天涯，轻击键盘，提笔开篇，分享过往的高原静好。我喜爱的高原第二故乡。

或许，人生中总有最艰辛的那几年，会将人生变得更加美好而辽阔。既然已经遇见，何须百般周全。

到了西藏

西藏是圣洁之地和灵魂之地。当我亦步亦趋、心情忐忑地迈出拉萨贡嘎机场航站楼时，洁白的云朵触手可及，白云间镶嵌着纯纯的"高原蓝"。

仰望高山，满目翠绿。灿烂千阳，普照万物。

心绪忽儿些许新奇，忽儿些许忧伤。才走几步，已是气喘吁吁，不禁感怀自然的神奇，自我的渺小……看阳光物语，千与千寻。

脑海中浮现出泰戈尔《飞鸟集》中的诗句："The sun goes to cross the Western sea, leaving its last salutation to the east（太阳将巡西洋，将最后的敬礼留给东方）。"

我想高声说，可也只能在心里默默念叨："每一天，太阳最后的敬礼，应该属于叫拉萨、叫布达拉宫、叫珠穆朗玛峰、叫东方的地方。"三年的援藏生活正式开始啦！

机场心情

我要记录下第一次踏上西藏这方生命禁区的心境。第一次双脚走在这方神奇的土地，虽然亦步亦趋、脚步小，可脚下就是大地。

遇见拉萨

我本将心向苍穹，奈何艳阳照轻殇。

纵有千里凌云志，星夜过客揽月光。

拉萨市方桂林副市长，是到拉萨贡嘎机场迎接来自江苏的援藏干部的主要领导之一。

一下飞机，我们就被分成几个组，一组十多人，分别上了不同的考斯特车子，方副市长和我同车。

交流间得知，方副市长已经是二次援藏了。8年前，他曾到拉萨市某局援藏三年。这次进藏，方市长也是下了很大的决心，他比我们早一年到拉萨工作。对于他的援藏经历，我们除了由衷地佩服还是佩服。

方副市长很是风趣、爽朗。他说："大家初次进藏，动作一定得慢，如

拉萨贡嘎机场

有头疼、急速喘气的情况，那是再正常不过了，到了高原，不体验到高原反应，那来高原干吗？不用担心，我加起来一共在这里待了4年多，不是很好嘛！"说完这些，发出了一阵爽朗的笑声。

于是，我心里便有了早一点儿见到达孜的冲动，那可是未来三年工作、学习和生活的地方呀！

圣地酒店

从机场抵达拉萨市的圣地天堂洲际酒店，已是傍晚时分。

由于飞机迟了一天抵达，拉萨安排的迎接、会议、合影和交流活动就显得特别紧凑。我们还没缓过神来，就参加了所有计划内的活动。

到了酒店，放下行李，先是参加地方举办的集体欢送（第七批援藏干部离开拉萨）和欢迎会议（第八批援藏干部抵达拉萨）。

酒店一楼偌大的会见厅，大约有300人就座。可能是为了更好地交流、交接和互动，主办方采取西餐式的摆台。先是欢送和欢迎会，结束后便是简餐。

方才吃了几口，边上第七批即将返回的援藏干部、当地干部职工代表，均起身弯腰，用酥油茶也好，用饮料也罢，纷纷呈上杯盏，表达最诚挚的欢迎。我们当然不能坐着了，也起身回敬，表达谢意。

可这一敬就根本坐不下来了，看着整个大厅都没有几个人坐着，状如流水席，排着队，轮流互道祝福。

也就一眨眼工夫，几位刚到拉萨的援藏兄弟便开始摇摇晃晃起来。高反！高反如期而至！

咋办？赶紧回房间呗。

我坚持到当天晚上8点以后，胡乱吃了几口东西，也缓慢地往房间走去。

走出宴会厅，便是酒店大厅了。定一定神，认真浏览酒店的布局。

大厅足够大，透明的尖屋顶，天空的星光依稀可见。一楼有阳光自助餐厅、特色产品展销中心、小酒吧、机车展示中心等。它们在透明的屋顶之下，在五彩暖色的灯光照耀之下，在璀璨星空的映衬之下，有种迷蒙的感觉。

可我此时已没了欣赏的心情。后悔呀！进藏之前好友一再提醒，到了西藏，动作要慢，能躺着别坐着，能坐着别站着，睡觉就像身上压了50斤的被子，走路就像肩上挑了70斤的担子。这下才真切体验到这句话的含义。

老天爷，从会议厅（餐厅）到住宿的房间，五六百米的距离，足足用了20分钟才走完！

同宿舍的兄弟见了面，也是特别惊喜，居然是2015年一同在北京所属区级机关挂职的"挂友"。缘分，真缘分，真好缘分。

可是，那晚他的状态令人担忧。他的精神状态不太好，晚饭没怎么吃，我们说着话，他就进入微鼾状态了。一会儿醒，一会儿坐，一会儿吐，一会儿又睡，整个迷迷糊糊的。

时至子夜，我仍无睡意。我们房间的电话铃忽然响起，两位援藏兄弟发烧了。

我还算清醒，拿着从江苏带来的葡萄糖口服液、抗感冒药等，拖着沉重的双腿，缓慢地走到发烧兄弟的房间。

屋里已聚满了援藏兄弟。再看那位发烧的兄弟，脸是灰紫色的，紧闭双目，坐在沙发上一言不发。不用说，他一定是晚饭都没吃。随队医生在忙碌着。

医生把我贡献的葡萄糖口服液给他服下。医生跟随行的领队建议，如果明天早上继续发烧，保险起见，就只能送成都治疗了。

处理完医务，医生又来到我的房间，帮助我和我的舍友兄弟量了血压、脉搏和血氧含量，给舍友配了安眠药。这么一折腾，我们一直到凌晨2点多才昏昏睡去。

对于酒店的好，我们完全没有感受的心情。这就是我们进藏的高原第一夜，铭记。

还好，第二天一早我听说前一晚两位发烧的兄弟吃了药、挂了水，折腾一夜，已经恢复常态了。

祈祷各位援藏兄弟一切安好！

猎猎经幡

达到拉萨的第二天，我们就参加了拉萨当地组织的进藏培训班，主题是两个方面，一是，讲政治、讲大局、讲奉献，要不怕苦、不怕累、不怕牺牲，努力为高原稳定和发展做出积极贡献；二是，如何克服抵达高原的恐惧心理，如何尽快适应高原气候，如何让自己的身体尽量不要受到伤害。

给我们授课的有党校的老师、市级机关的主要负责人，还有一位来自北京的医学博士，瘦高个儿，戴着金丝眼镜，喜欢站着讲课。

听着这位医学博士讲课，我脑子里老在担心，他会不会一下子晕倒了，因为，进藏之前就听朋友说过，到了西藏如果调整不好，会忽然晕倒；也在担心，他怎么这么瘦啊，这也是高原反应的一种吗？

哎，到了高原，就会胡思乱想起来。

不过，上课的内容是充实的，不管怎么说，让自己紧张的心情略有平复，奉献地方稳定和发展的工作目标，思路也更加清晰了。

培训一共 5 天，第 3 天，我遇到了一拨来插班听课的同志，一问来历，我们乐了。

他们是中组部从全国各省的乡镇党委书记中，选派的 100 名长期建藏干部，都将在西藏各县区担任领导职务。

他们比我们早来 1 个月，看着他们一个个活蹦乱跳的，心里便安然了，俗话说"耳听为虚，眼见为实"，这才是最鲜活的教材呀！

感谢你们，一同在藏支援建设的 100 位好兄弟。

遇见达孜

达孜，藏语是"虎峰"的意思，祥瑞之地。

全区平均海拔 4111 米，河谷最低海拔 3730 米。后来才知道，这也是区政府所在地及我们常住蜗居的海拔。

达孜宗初建于 1354 年，1959 年民主改革后，原达孜宗、德庆宗合并为达孜县，2017 年撤销达孜县，设立拉萨市达孜区。

达孜县城距拉萨主城区 18 公里，素有拉萨"东大门"之称。年平均气温 7.5℃，年平均日照 3065 小时。

达孜区域总面积 1373 平方公里，下辖 5 乡 1 镇 1 园区，总人口 3.2 万人。2018 年 1 月，经国务院批准，达孜正式撤县建区，步入了经济和社会发展的快车道。

有 600 多年历史的黄教格鲁派六大寺之首的甘丹寺，1961 年被列为全国重点文物保护单位。

达孜有着"九山半水半分田"的地貌特质。

到了高原、走进达孜，我们受到了这里最为隆重的欢迎仪式。每到一地，脖子上都会挂满洁白的哈达，这是高原人美好的祈愿。

当然，也毫无悬念地迎来了高原反应，嘴唇、指甲发紫，心跳加速，夜晚失眠，骨关节酸疼，该来的都来了，该体验的也都体验了，全然没了在平原地区和刚下飞机在考斯特车上的淡定和意气风发。

在大自然的面前，人类是那么的渺小、那么的弱不禁风，这种感觉再次袭上心头。

初到达孜的头几个夜晚，把灯关上，闭上眼睛，躺在床上，可就是睡不着，听着自己心脏、太阳穴分别有规律地跳动，你方跳罢我方起，哪还有什么睡意呢！

心想，天呀，还有 3 年 1000 多个日夜，如何安然度过呢？

看来得重新审视自己、思考人生了。正如一位旅者点化：你在西藏"眼享于天堂，身惬如地狱，心飞向故乡。"

似乎有些许夸张，可真实存在，顿生共鸣。

好吧，读书，读好书，充实自己的精神世界，与大自然的高原反应相抗争，让自己的内心更加强大起来，也是缓解高原反应的方式。

读刘慈欣的《三体》，真切感受到"唯一不可阻挡的是时光，它像一把利刃，无声地切开坚硬和柔软的一切，恒定地向前推进着，没有任何东西能够使它的行进产生丝毫颠簸，它却改变着一切"这句话的力量。

这是人在高原半静止状态下独有的感受呢。

身边触手可及的巍峨的高山、潺潺的拉萨河水、千年历史的古寺、淳朴的藏族同胞的笑脸，都随着时光亘古不变地向前、向前、再向前。

到了达孜，唯一的运动就是晚饭后的"缓行"。

把自己当作高原的老者，缓步走在处处皆景的区政府大院里，一圈是600步480米，就这么一圈一圈地"慢行"。就当自己是迷路的孩子，不去寻找回家的路途，因为路途太过遥远，遥远得都没法去认真想家，只是漫无目的、独自漫步在拉萨河谷的坝上，一点、一点、一点地安静思考。

水调歌头·拉萨河谷

绵延八百里，亘古向西流。借问一叶舟客，日暮乡关愁？陌陌远山巍巍，阡阡烟田悠悠，倒影水中落。藏家牧童眺，悄向云簪头。

达孜居，青山越，玉带凝。峰与天齐，当无缺处平添忧。几家灯火初上，不知今夕何年，谁与清弦月。浩渺星空下，瑶阶却还羞。

释义：拉萨河，青藏高原千年飘动的哈达玉带，云上阡陌相伴，一袭倒影悠悠；傍晚时分，借问梦里的一叶小舟，能否随波抵达远方的乡关？

达孜的客家，虽看峰天一色、天际无缺，却幽然弦上心头，云上的河畔人家，人约灯火阑珊处，谁家能共和一曲弦月？繁星夜空，两岸阡陌如玉阶拾级，承水连天，隐隐若若，已是天上人间。

是的，秋风起，白果树叶绿了又黄了，一片一片地飘落，当树木都变得光秃秃的时候，我们该回家了，春节快到了。

来年再来，依旧是每天的人约黄昏后，在区政府大院里亦步亦趋地步行兜圈儿，有时三五成群，有时一大帮子，有时孑然一人。白果树叶黄了又绿了，当满树的绿意长成，新的一年又重新开启。

这就是年轮，时间的光，亘古不变，在我的感官世界里，从来没有这么真实、也从来没有这么清晰过。

清 平

万山低雪，

西风抚耳鬓，

望暮云千里何寻，

援藏驻地秋意浓

心绪与谁说。

黑颈鹤,
依泽栖。
一朝暖风至,
或盼凭空南飞期。

塞外客,
极目眺。
未见青山墨,
风渡润雪随雁落。

天涯莫愁,
鹰笛鸣边关,
寄达孜一窗流年,
遥夜在心头。

飞　翔

在高原，读书是特别好的爱好。

卡勒德·胡赛尼的《追风筝的人》，是情节跌宕的小说，也是沉甸甸的历史，战争和生死、悲欢和勇气、背叛和救赎，小小的风筝成就勇敢、爱心、执着和担当的人，一直向前，心之所至，便是美好……

我们是幸运的，身处强大的中国。我们是自豪的，成为世界第三极的建设者。我们也是充实的，十九大的召开、中央环保督查、达孜撤县建区，经历的一系列大事件，将会铭记于心。

三年，1000 多个日夜，对于茫茫宇宙，只算是一粒灰尘吧。

争分夺秒、团结协作，为达孜、为达孜的一方百姓，做些力所能及的贡献吧，不枉达孜行，不枉曾为达孜人。

2018 年 6 月 7 日晨——

昨天，在去南京机场的路上，看车窗外沿途的风景。

渐渐向后倒去的树影、云彩和起伏的天际线。神秘的美感又悄然落入心里，如一片叶子般飘落，看不清颜色，却触动了心弦。这分明是夏天，秋未到，却落叶？心如涟漪，微波凌凌，摇曳了这个躁动的夏。

怎么了？那片叶子思着想着，着急着梦回大地了？我的心开始迷乱起来。

叶子一定是有记忆的，我猜想，她的领悟，是为下一个人间尘世的轮回？假如是，就约定下一个轮回里的牵手吧。

看吧，这一刻的夏。他是绿色的、蓝色的、灰色的、白色的，似乎缺了金黄色。这些，像过电影般，映入眼帘，又一幅幅不急不缓地离开，过去的场景历历在目。

忽然发现，这是我在高原的第三个夏天。却一次次地整理行装，揣着嘱托、鼓励和思念，出发奔赴下一个疆场，欣欣然。努力！加油！

时光飞逝，岁月美好。

都说夏天到了，秋姑娘就不会远了。清晨，忽然听到拍打窗棂的雨滴，感觉指尖丝丝的凉意。难免让人期许，不远的秋天。

秋是收获的季节，喜庆的日子。秋有斑驳的月光，玉露的故事。秋有淡淡的回眸，心动的微笑。

关键的关键，秋，可能工作就不会那么忙了。如闲暇时，可以约上知己，品秋的美味、秋的淡蓝、秋的纯粹，分享收获的喜悦。

如此甚好。忽然盼望起秋天……

> 这个秋天还会远吗——
>
> 是谁？
>
> 洒下一地金黄。
>
> 是谁？
>
> 融化一幕夏雨。
>
> 是谁？
>
> 托起一片彩云。
>
> 风儿，
>
> 黄了稻谷。
>
> 云儿，
>
> 散了水滴。
>
> 池塘，

墨了天空。

秋，

是收获的季节。

秋，

是阑珊的时刻。

秋，

是瘦了的长空。

你，

还记得夏夜的株草？

你，

是否依稀秋的私语？

你

当是那繁花的从容？

好吧，

挥手夏琅。

好吧，

静听秋音。

好吧，

遥望喜悦！

再次进藏

援藏政策规定，为了保护援藏干部人才的身体，每年的 12 月底到次年的 2 月下旬，是当届援藏干部返回内地休息的调整期。

三年援藏期间，也就有了三次、每次不到 2 个月的返内地调整期。

远方，远方。身在西藏拉萨援藏时，故乡是远方。身在江苏调整时，第二故乡是远方。

这是江苏省镇江市援藏人员的心声，这是岁末年初返回江苏调整身心、再次进藏前（后）的随笔。虽然暂别9000里之外的拉萨市达孜区，虽然还会启程再次前往拉萨，但那援藏的景致、援藏的人文、援藏的情景、援藏的情怀和江苏的人文，历历在目，就在身边。

我们，雪域高原建设的一分子，新时代的弄潮儿，高质量发展的践行者，一直在路上。2019，一树阑珊、一笺春阳，镇江、达孜，两地思绪，相遇在文字里。

机窗外绵延的雪山

天路骑行

望海潮·眺

坝上晨露，倒影天宇，云归沧笛踏歌。暮霭森森，落红相顾，峰峦碧水共色。多少负韶华，纵使醉长空，浮沉谁舞？白驹过隙，袅袅香茶，达孜慊。

浮生望海听潮，任他清拍岸，鸥梦如璞。浪花嫣然，浮水流年，千帆千屿几许？待我执笔处，一脉冷香渡，木兮君土。暮暮朝朝天路，归鸿卷帘珠。

释义： 青藏高原的坝上悠悠草场，草尖晨露，倒影天空，怡人景致。归云处，沧笛踏歌绵长。梦中的晚霞，霭霭水汽与落霞相顾，峰峦、碧水、土地，满目的火烧云。在韶华中，醉了长空，醉了时光，边关蹉跎岁月。

时光逝去，一杯香茶，却是援藏县（区）达孜浓浓的情怀和情慊吧。

长鸥如玉般的梦境呀，在梦中，忽而面向大海，忽而漫步沙岸，看浪涛拍岸，听潮起潮落。嫣然浪花，渡浮水流年，怎堪那千帆千屿中。

梦中醒来。欣然提笔落墨，一支冷香，一笔以渡，良木当在君土。寄葱茏岁月，我们一直在路上，天路未必坦然途，天河未必坦然渡，愿一树阑珊、一笺阳光。

渔歌子·京口驿

伴斜阳，掬清涟，江河湖海百越衢。水粼粼，渔粼粼，东南西北京口絮？

渔家女，沐黄昏，水舞光影化春羽。岸边憩，半城沙，那时那地袅袅煜？

释义： 春天里，在百越广袤之地，伴着夕阳，掬一捧清涟，意中的江河湖海百越通衢，看那微波粼粼，看那渔家泛舟，看那时那地那景，是古地京口的满天飞絮吗？

沐着黄昏斜阳暖意的渔家女呀，与水、光影、长空共舞，悄然间化作春天的羽翼。翩然。水岸边，看半城烟沙，恍如穿越，那一刻，烟雾缭绕中的光彩华盛还在吗？我自问！

吴地繁华，一窗冰凌，风尘轮转。赏凡间，百花梦百草歆，美了流年澹。

珠城春幡春水谙。夕阳眺残垣。孔明灯，影将天河虬髯，除夕触春欢。

释义： 2019年2月4日，是中国除夕，也是二十四节气的立春，百年一遇。百年守望，除夕与立春交汇，洗尽铅华，家家户户都是欢快的日子。新年时节，一地繁华，一池春水。一窗冰凌，一抹夕阳，残垣那地。

孔明灯处，影意天河，映出凡尘。

梦中的百花、律动的百草、芬芳的沃土，安然过往，美了流年。

达孜一窗春色

达孜——这边风景独好

遇见，或为彼此的懂得，却是人生的初见，诉说相遇的喜悦。

在距离天空最近的地方，感受"天上西藏，云上达孜"的至美，真是一件幸福的事情。

高山、净水

达孜的山水，一如天籁的声音。

巍峨的高山，或春的绿意，或夏的七彩，或秋的金黄，或冬的洁白，于风中、于猎猎飘动的经幡中，一次次追赶着尘世之外的梵音。

蔚蓝的拉萨河水，如千年流动的哈达般飘逸，抚过山川，轻触草地，叩开心扉，在尘嚣中奏出醉人的迷笛之音。

云上的梯田，于山谷、河谷间舞动，任凭风吹雨打，留下岁月的痕迹，定格在时光里。

这就是达孜，"九山半水半分田"高原山水的至美。

如若安好，便是晴天。我们来自江苏镇江的援藏行政管理人员、技术人员，致力于拉萨市达孜区的经济稳定繁荣、边疆长治久安、藏汉民族团结。

达孜大桥

在茫茫的青藏高原，我们与天河相伴，与山峰相伴，与素雪相伴，与达孜相伴。每每翻阅《西藏通史》，最吸引我们的自然是有关文成公主的篇章了，她千年的守望，那时故乡路，凝眸如烟。

在祖国的边疆要塞，我们与灯花为依，与景致为依，与边关为依，与陌上为依。每每拾遗纳兰容若的生平，他一曲流水青弦，一阕轻弦思念，一渡风烟以航，蹉跎岁月华年。

文成也好，纳兰也罢，援藏也许。

暖风起时，暖意心间。手执青石侧枕，漫步云上达孜，看灯花舒卷，凡尘芳草一木，煙没了乡愁。

云雾敛·达孜阳光

纵横阡陌，陌上阳光醉。承天连地次第飞。春夏秋冬，几时朝阳桧？影关外，暮帘垂。

墙里墙外，苍穹不知归。夕阳西下遥影落。一枕那时，谁家萧萧客？

念奴娇·达孜若晴

拉萨河谷，西逝水，千寻山涧归宿。达孜岸边，乡愁地，文成公主眷恋。一泓清泉，落叶舟渡，五色经幡舞。阳光晨露，凝眸如烟涟漪。

天外清愁未眠，纳兰若忆起，岁月华鹭。斜影浅摇，如初见，可是凡尘相伴？兀坐岸边，还期杨柳风，青石侧疏。与子执手，灯花舒卷如蹰。

黄金缕·天空之城

达孜青城柔情愫。拉萨东郊，邂逅蝴蝶谷。漫舞长亭迷归途。或已不识来时路。

蓝天之上蓝天渚。千秋疆土，千秋影江湖。夜语琵琶摇曳疏。梦里梦外落霞处。

释义：拉萨东郊，达孜青城，偶遇扎叶巴的蝴蝶谷。彩蝶漫舞，似不识来路，塞外天边。达孜，蓝天之上的天空之城；达孜，千百年的边疆要城；达孜，千百年的边关江湖。

夜听琵琶曲，夜叹窗摇曳。梦入梦出，达孜落霞处，已是千年音。

春的达孜是苍凉的。

山谷间，点点的绿意在满目的雪景中满怀生命的喜悦。雪后的天空一碧如洗，映衬在洁净的湖面上。天地一色，煞是美丽。

伴着歌曲《成都》舒缓的节奏，于初春时节低吟达孜的雪。

达孜的雪

四月的天，

达孜的雪，

于悄然间，

穿越千年格萨尔王的追梦，

划过万里羌塘，

回眸布达拉宫；

于清晨中，

住进拉日宁布山，

滑落甘丹圣寺，

洁白拉萨河谷，

在达孜这方高原圣地飘然而下，

触动着我们的思绪。

梦想中，

圣洁的天空之城，

银装素裹，

仓央嘉措的诗，

在耳畔萦绕。

那一刻，

我升起风马的祈愿；

那一天，

我蓦然听见的真言；

那一段，

我飘然成仙的淡然。

飘雪的达孜，

我们与神山共同去守望。

现实里，

我们

来自遥远的南方，

在

美丽的净土之地，

安然驻足。

飘雪的日子，

感受高原的静好，

只为那

康巴汉子的豪迈；

只为那

藏家"普沐啦"的美丽；

只为那

三年援藏的真情，

高原不变的坚守。

雪后的达孜，

阳光更加灿烂。

我们

不为修今生，

只为与你人生的初见。

我们

不为度来世，

只为与你共同的坚守，

和那美丽的相遇，

万水千山。

野 趣

高原牧归

春天里，在达孜的"天然氧吧"——白纳沟里漫步，能看到的是侏罗纪时期的山体地质构造层，距今1.35亿~1.8亿年，呈典型的"U"形地貌。

白纳沟深处有众多的湖泊、清澈的河水、泛绿的草地，还有各种野生动物如野鹿、藏羚羊等。

路边的野花

夏的达孜

美若天成，我自修缘。

你是清风，却摇曳了一蕊花香，初夏时节，青藏高原上明媚的阳光过后，便是夏的雨。

这样的季节，择一周末时光，沐云上喜雨，一路向东，发现达孜的美，寻找高原的魅惑。

海拔4000米的拉萨市东郊达孜区雪乡扎西岗村，邂逅油菜花海（拉萨河谷北侧），与大自然约会。

置身云海近山，触及天路绿意、河滩湿地，看花海，听花开的声音。

那花，那景，那金黄。天堂里的轻摇，倔强而坚强地存在，静静地绽放。

望山，望路，望远方。这般梦里的感觉，恣意蔓延，走过岁月的安然。

高原夏的时光里，触《江城子·夏约达孜街亭》《满江红·达孜过客》和《青石》的意境，感受天上书香。

我们欣欣然，留驻在流年里。

江城子·夏约达孜街亭

达孜一池乘轩阳。且想让。倍思量。河水潺潺，远山更沧桑。应是花红柳绿意，伴风来，亦攀窗。

闲人闲时画中惘。山川朗。行影当。遥想吴地，夏日已迷茫。奈何仙与仙境梦，俯首处，拾云裳。

释义： 拉萨市达孜区，与古时吴地相去八千里，一抹阳光一池知，如轩车偏安一隅，却已一时茫茫、一时思量。溪水依依。花红柳绿，又攀窗。偶为高原的闲人闲时，于达孜的山川间漫行，一隅背影，梦进原乡，入仙境仙风地，俯首拾起云的衣裳，触摸天堂时光。

满江红·达孜过客

达孜过客，君若在，还是夏暖。心微叹，几许春瘦，金陵千帆。天地之间捻心绪，东西南北映青卷。繁花意，烟雨点河山，在人间。

乘风起，离枝安。面向西，遥月见。或自古多情，株草如烟？都是落叶归根处，人生初见那影堪。潇潇地，援藏咏尘缘，问晴天！

释义： "达孜过客"是对家乡友人的泛指，在心中，便是暖夏。四季更迭，青藏高原的这个春天一点点清瘦远去，我们的心也瘦了，瘦了时光，瘦了流年，瘦了金陵千帆。在天地间怀着感慨，万千世事映画卷，好友勉。

烟雨，繁花，河山，人间。

悄然风中，白云离枝安然，向西，向西，向西，家乡的方向，遥望同一轮明月。泱泱历史长河，自古情意、友谊、心意，终将如仙草般更迭，如烟，消失在光影里，但却真实存在。

作为一名援藏干部，努力，努力，努力，为藏区美好努力，建设青藏高原的家园。荣荣中华大地，落叶终将归于尘泥里，人生初见怎能只在影子里？

潇潇。援藏。尘缘。晴天。

青 石

一石一知己，一溪一峰涧。

三生雨花落，青石生禅缘。

白纳沟

释义：青藏高原的石头或为禅意，拉萨达孜的青石当是修为，一石一宁静，一雨一结缘，为云上达孜喝彩。

南乡子·夏莲

烟雨漫空山，达孜流年天地悟。淼淼雅江挽夏日，东去。不知金陵幻影如。

江南盛夏至，莲花湖畔伊人好。莲子莲蓬逐香尘，连茹。莲心入梦梵音渡。

释义：高原盛夏的日子。三年援藏，拉萨的雨季，烟雨漫达孜。浩渺的雅鲁藏布江水呀，如丝带般缠绵着夏日，东去，东去。不知不觉中，梦幻中的江南金陵古渡，如是，盛夏。

在莲花湖畔，美丽的莲枝婀娜动人，倒映水中。莲子、莲蓬追逐家乡的凡尘，于水中摇曳。

悄然间，莲心如梦，梵音中，清渡千里外的游子。故乡的夏莲。

浣溪沙·景色怡人

谁是青源一水滴。看尽高原星斗移。山弦抚韵传夏意。

天空白羽岁月里，已是绿意醉涟漪。达孜云依闲月弥。

释义： 沧海桑田，高原一粟。天弥月弦，青源山谷。还你绿意，达孜援藏岁月。

百字谣·达孜疏影

一湾一隅，一梳一流年，孤烟淡影。空山不识峰谷意，十里暮云盈盈。登高远眺，已是迷蒙，存于出尘境。历历在目，此景此刻轻莺。

静听半山无痕，手挽峡谷清，画屏流萤。草尖露珠落花语，谁知水墨闪映。达孜叶问，莫等芳径，放舟触心晴。执卷闲坐，那人那月门庭。

释义： 援藏是独自的心灵旅行。达孜疏影，烟雾蒙蒙，十里暮云，半山无痕，如仙境般。

此刻，此时。闭目静听山谷的声音，画屏流萤。俯首静看达孜的露珠落尘，不经意闪映了倒影的水墨山水。莫等芳径，一叶放舟。高原读书，静然门庭，达孜心情。

甘为安静的高原人。

卜算子·云上端午

粽叶飘香地，龙舟梦中来。五月夏至婉约天，怎堪醉天籁？

天籁终有意，繁花意谁猜。达孜粽丝消愁时，只因玉人爱。

释义： 粽叶，裹粽子的丝线，粒粒香米。龙舟赛于梦中如期而至。婉约的长夏，云上的达孜。在天籁处，谁猜繁花意。

一粒香粽，纤纤的粽丝、晶莹的玉米，淡淡的乡愁。粽子里的消愁，宛如藏家姑娘。粽子里的天籁，宛如云上达孜。

秋的达孜

在扬子江畔，美好的季节总会听到蟋蟀的鸣声，在草叶尖下、在树叶下，有规律地低鸣，仿佛宁静中的自然协奏曲。在春的希望和夏的炎热中，盼望着、等待着秋的冷静和成熟。秋的达孜，没了蟋蟀的鸣声，却常常看见雨后天际的彩虹，秋来了。

第一季

一阵雨一阵凉意，意味着秋天的脚步临近了。

喜欢漫步在达孜工业园区的镇江路上，这条道路全长5公里，建成通车已10多个年头，道路两侧高大的行道树见证了达孜工业园区十数载的变化，见证了镇江—达孜深厚的友谊。

偶遇午后的双彩虹，听当地的老人说，看到西藏高原的双彩虹，就意味着你此生与西藏结下了不解之缘。

好吧，我是幸运的，何不记录下此刻的心情？

虎峰秋意

达孜九月秋，云雾如烟渺。

一抹阳光意，双虹落天际。

聆听虎峰音，泯于烟雨中。

高原镇江路，三载援藏情。

我自随风去，欣然度年华。

如今，我们接过援藏的"接力棒"，继承"老西藏"的优良传统，就从升级改造"镇江路"开始吧。

"镇江路"是镇江援建达孜的见证，就让它成为达孜的第一条功能大道、景观大道和生态大道吧。

南楼令·达孜芳草

天涯芳草茵，咫尺红尘轻。经年过往摇云影。清愁征尽阳光意，回首处，落山居。

南来戍边垒，最忆那时音。一芽吐绿湿窗棂。无问东西剪弯月，天三更，盼下弦。

南楼令·达孜陌上

达孜曲阑珊，还是峰烟直。雁声切切伤别离。一路向西都归去，紫藤蔓，传书迟。

沧海总无语，桑田洒香蓂。春来春去惜几许。东风欲栖青野畔，仙草陌，渡金陵。

释义：高原的青青香草，高原的红尘陌上，高原的天涯咫尺，高原的沧海桑田，高原的戍垒情意，于达孜处填宋词。

第二季

拉萨达孜，天凉好个秋！

一说秋是收获的季节，一说秋是引人忧愁的时日。

达孜的秋仙子翩然而至。伴着秋天的金黄、习习的凉风、酡红的落日、皎洁的皓月，如闲云般飘逸。格外安静，格外自然，弹一曲恬淡的曲子，写一篇秋的畅想。达孜好个秋！这分明是故乡的味道。

客约中秋

明月天涯客，遥约万里圩。

岁月磬如歌，心入禅意榧。

别样拾浮云，朝起暮落回。

点石山水意，苍穹长圆谁。

梦如蝉翼蜇，恍惚风叶北。

冷暖洒满襟，邻境戍边垒。

达孜青秋

天涯明月弦，浅草伴人间。

繁花虽有意，玉露入枝淡。

琼液玉露入高枝。轻枝清舞点绿荑。俏然毗连淡相宜。天幕。婆娑素叶剪影季。

达孜一叶苍穹笛。乐憩。烟田琉霞时光里。荣驿枯祎香叶芷。只影。夙叶飘零化新泥。

释义：高原的雨，高原的露，高原的枝。高原的风，高原的影，高原的绿芽，高原的新吀。高原的时光，高原的金叶，高原的辉煌，高原的新泥。

又一个中秋佳节在平均海拔4111米的拉萨市度过。江苏援藏指挥部（拉萨）安排了集体活动。

赏一轮明月，同为天涯客。怎会忘记，万里之外的约定？故乡的记忆，岁月如歌如磐石，却由心而芳菲。捡拾天边的云彩，伴日出日落，渡岁月轮回。

山水间、触青石，苍穹下，月为谁、可长圆？

悄然梦乡，恍如蝉翼振翅，秋风中飘零的叶子，向北，向北，向北。青藏高原的冷暖，洒满衣襟，虽万里边关，心却是邻近。

冬的达孜

泰戈尔的《飞鸟集》有这样的诗句 "The dry riverbed finds no thanks for its past（干枯的河床，不感谢过去的时光）。" 到了拉萨达孜，情景却不尽相同了。

冬日的拉萨河河谷，不可避免地枯竭，裸露出深深纹理的河床，还有那皲裂的土地，仿佛生长了数千年的老树皮，沧桑、苍凉，河水已一点儿一点儿地褪到了河床的最深处，变成了涓涓溪流。在溪流四周，一个个不规则的小水洼，仿佛老树的结节，涓流如老树的血脉。水洼各处，那些或游或栖或飞翔的鸟儿，有黄鸭、斑头雁，还有黑颈鹤，与河谷之上的大山和蓝天，构成了一幅生命绵延不息的画卷，这些都在昭示生命的存在，昭示倔强的过往，下一个雨季又将是一个大自然的盛宴。这，便是高原山水的特质所在吧。

巴嘎雪湿地是雅鲁藏布江中游拉萨河谷黑颈鹤国家级自然保护区的核心，涵盖 500 亩的河床沼泽区与 1000 亩的林地区。

进入湿地，便进入了达孜的金色池塘，一如既往的生态、数百年不变的水面、湿地的肌理，走近便被震撼。

达孜的初冬，要比江苏的冬天来得更早一些，11 月份的时节，晚上的气温已经接近冰点。

在这样的时节里，感受金色池塘下的妖娆和淡雅，净化心灵，写下心情。

守　望

冬日望夕阳，独忧寒江水。

玛尼堆圣石，金色映池塘。

谁言冬来早，傲雪做轻衣。

碧水为哈达，微风舞霓裳。

一叶染金黄，忽闻丹桂香。

一眼看四季，我心醉原乡。

高原湿地

西藏，人人向往的地方。达孜，拉萨东郊的神秘之地。神话意识、神学意识和自然意识一直存在，存在于藏族同胞的心中，存在于西藏的历史长河里。

太多的传说、太多的故事、太多的承载。云上达孜，人间天堂。

被誉为侏罗纪时代活化石的牦牛、黑颈鹤，它们状如一盏盏高悬于天空的阿拉丁神灯，在广袤的高原草场、湿地、河谷和山川中，闪着美妙的星光，我们没有理由拒绝靠近……

牦牛

达孜区的牦牛以 4 万头计，这里牧草丰盛，圣水永不停歇，历经亿万年的物竞天择，牦牛依然神奇地存在，在这方广袤的土地上繁衍生息，成为达孜最神奇的生物之一。

牦牛是世界上唯一的源种牛，没有和其他牛种杂交过，与企鹅、北极熊同为世界仅存的三种源种动物，它们曾经和猛犸象、剑齿虎同处于侏罗纪时代。

牦牛是藏族同胞心中的图腾，千百年来成为勤劳勇敢达孜百姓的守护神。

在藏族同胞的心中，野牦牛是天上的"星辰"。白牦牛神是藏传佛教的护法神，世世代代守护着达孜这方美丽的处所。

每每到藏族村寨，当地百姓一定会拿出风干的牦牛肉、血肠、牦牛奶、酥油茶等来招待客人，这表示他们接待的是最尊贵的客人。据说牦牛系列食品有着抗高反的作用，现在我已经悄悄地爱上了这些食物。

黑颈鹤

《格萨尔王》是藏族祖先创造的史诗般的作品。

主人公格萨尔王原名觉如，生于公元 1038 年，殁于公元 1119 年。

在藏传佛教里，格萨尔王是莲花生大师的化身，生于岭国的贫困藏族

嬉戏的黑颈鹤

家庭，在岭国争夺王位的赛马比赛中，他力压群英，得胜称王。传说格萨尔王受天命降临人间，镇伏妖魔，驱逐侵略者，为部落赢得了自由与和平。莲花生大师在达孜拉日宁布山崖的扎叶巴寺修行弘法。

如今，斯人已去，灵悠仍在。

在扎叶巴寺上空、在拉萨河谷大湿地，翱翔低鸣的黑颈鹤成了格萨尔王的化身，守候着这方领地。

每年11月至次年1月，达孜区唐嘎乡的拉萨河谷，成千上万只黑颈鹤、黄鸭、斑头雁从遥远的南方飞到这儿来越冬，最华丽、最悠闲的自然是黑颈鹤了。它们或闲庭信步，或翱翔空中，或三两嬉戏，或窃窃私语。仿佛在告慰格萨尔王和莲花生大师，这方土地的美丽和安详。

扎叶巴寺

扎叶巴寺地处拉萨市区东北侧的拉日宁布山。"拉日宁布"是藏语的音译，拉日，即神山；宁布，有纯净的意思；"拉日宁布"意为纯净的神山。

拉日宁布山紧邻纳金山，与拉萨主城区也就一个纳金山口的距离。

拉日宁布山顶最高处海拔4990米，山脚临近拉萨河谷的位置海拔3830米。"吐蕃王朝西藏四大隐修地之一""拉萨东郊的天然氧吧""拉萨周边醉美的高原盘山道""一个美得让您缺氧的地方",这些都是扎叶巴寺的标签。

藏语"扎"是指石头,与之谐音的"查"藏语是"隻";"叶巴"有散落或者飞翔之意。"扎叶巴"在藏族同胞心中自然就有了两种解释,一是指"散落在山谷的石头",扎叶巴沟里天然形成的灰色、淡白、紫色、赭铁色、青色等七色石是最好的佐证;二是指"在山间翱翔的神鹰",天空翱翔的老鹰就是最好的说明吧。

扎叶巴寺是吐蕃王朝的第三任赞普(藏王)松赞干布为他的爱妃赤尊公主修建的寺庙。后经历数百次的扩建修葺,有了今天悬于崖缝壁之上的石窟佛寺。

藏族同胞在歌谣中吟唱:"西藏的灵地在拉萨,拉萨的灵地在叶巴;到拉萨不到叶巴,等于做件新衣没有衣领。"

世世代代的西藏人民转山、转水、转佛寺,把到达孜扎叶巴来朝觐作为首选。

扎叶巴山势如刀,有寺庙的几座山峰呈近 90 度角,山上有 108 个修行石窟、108 座白塔、108 个泉眼。

满山的火棘树种,与夏季的绿、春秋季的黄和冬季的赭红色,以及周边山脉浅浅的单色草皮形成了鲜明的对比,衬托了它的灵性和灵气。

朝觐寺庙自西向东顺时针进行,依次是藏传佛教后弘期第一传人阿底峡尊者(982—1054)曾经修行过的"祖师洞"、强巴佛殿(强巴佛即未来佛、弥勒佛,为黄教的鼻祖宗喀巴大师的大弟子克珠杰·格勒贝桑建造)、藏王松赞干布修行的"法王洞"、赤尊公主修建的佛殿"祖拉康"、刺杀吐蕃末代赞普朗达玛的拉隆·白季多吉修行的"拉隆洞"、莲花生大师修行的"莲花生洞"(由此营造了后来的"一百〇八大成就者"修行洞)、"十六尊者佛殿"等。

根据多罗那他公元 1610 年所著的《莲花生大师》记载,莲花生大师出生于邬金国王族,他是印度佛教历史上伟大的成就者之一,是藏传佛教的主要奠基者,也是西藏密宗的奠基者。公元 8 世纪,应藏王赤松德赞迎请,进入藏地弘法,在成功创立西藏第一座佛、法、僧三宝齐全的佛教寺院——桑耶寺之后，于扎叶巴寺修行，创建了密宗道场，很快将原来苯教所崇拜的神纳入神殿佛堂，成为西藏宁玛派的祖师。

密宗是以革旧图新的面容出现在佛教历史上的。密宗把释迦牟尼由人间的大彻大悟的觉者提到神的宝座，并推出一批新的佛尊者与释迦牟尼并驾齐驱。除了诸佛外，密宗还敬拜金刚力士，比如怖畏金刚，藏名"多杰吉杰"，是无量寿佛的愤怒化身；再如时轮金刚、裸体双身金刚等。

公元 11 世纪，印度的又一位大师阿底峡尊者入藏，他显、密并修，尤其关注密宗的修行，他认为众生应依法修习"三密加持"，即手结印契（身密）、口诵真言（口密）、心观佛尊（心密），便可与佛之身、口、心相应，"即身成佛"。

公元 1647 年，第五世达赖阿旺·罗桑嘉措在扎叶巴寺的十六尊者佛殿旁建立四层楼的格鲁派僧院，时有僧人 160 人。

如今，当年的僧院历经岁月沧桑，依旧可见一段段的残垣破壁，那是矗立在僧院左右的莲花生大师讲经坛。

甘丹寺、桑阿寺

甘丹寺位于海拔 3800 米的章多乡汪固尔山的山顶，建筑密布，重重叠叠，是一座规模宏大、气势雄伟的寺院建筑群。

甘丹寺始建于公元 1409 年，由宗喀巴亲自主持修建，距今有 600 多年的历史。1961 年被列为全国重点文物保护单位。

甘丹寺是格鲁派创建的第一座寺院，有"格鲁派祖庭"之称。格鲁派是在 14 世纪末 15 世纪初由有第二佛祖之称的宗喀巴大师一手创建的教派。历代达赖喇嘛和历代班禅大师都属于藏传佛教格鲁派，15 世纪以后西藏的历史和格鲁派的历史密不可分。

甘丹寺的建立标志着格鲁派的形成。"甘丹"是藏语音译，意为"兜率天"，是未来佛弥勒佛所教化的世界。它与拉萨西郊的哲蚌寺、拉萨北郊的色拉寺合称为拉萨三大寺，加上后藏日喀则的扎什伦布寺、青海的塔尔寺、甘南的拉卜楞寺是格鲁派在藏区的六大寺。

宗喀巴大师原名罗桑扎巴，出生于青海宗喀，也就是现青海省湟中县。大师 7 岁时到青海化隆县境内的夏琼寺出家，跟随当地的高僧顿珠仁钦学佛，从小打下了深厚的佛学根基。17 岁时，宗喀巴在老师的支持下，离开青海来到西藏深造，先后拜萨迦派、噶当派等各教派的数十名高僧为师，学习各派教法。

到 14 世纪后叶，宗喀巴大师已将西藏佛教显密宗各派的教法系统地学了一遍，并开始讲经传法，成为当时藏传佛教界的知名人士，他广收有学识和社会活动能力的年轻弟子，得到西藏地方首领阐化王札巴坚赞和拉萨河流域地方首领的支持，声望越来越高，明朝皇帝甚至也派使者邀请他进京，可见影响之大。

甘丹寺在鼎盛时期寺庙占地面积达 15 平方米，其中建筑面积 7 万余平方米，解放前寺庙僧侣多达 5000 余众。如今寺内主要建筑有措钦大殿、宗喀巴大师寝殿、羊八犍经院、宗喀巴大师灵塔殿及两大扎仓（绛孜扎仓和夏孜扎仓），另外还有 23 个康村、20 个米村。

1980 年经市民宗局批准修复开放，国家先后总计投资 2000 多万元。甘丹寺荟萃了大量建筑与艺术珍品，在宗教、政治、建筑方面都占有相当重要的地位。1987 年，第十世班禅将原藏于该寺的国家特级文物——纯金书写的整套《甘珠尔》经和十六尊者锦缎、唐卡佛像等镇寺之宝，由北京迎请回该寺保管，受到各界群众和寺僧的热烈欢迎。现在，甘丹寺已恢复了原有的模式，重新耸立在汪固尔山上。

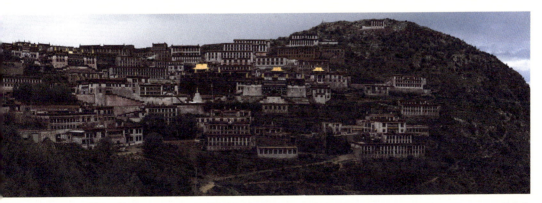

甘丹寺

桑阿寺

桑阿寺位于达孜主城区，建于公元1419年，比甘丹寺的建成晚了10年，也是由宗喀巴大师创建的，是格鲁派的第一座密宗寺庙，隶属于甘丹寺管辖。

桑阿寺的40柱大殿，原先供奉有宗喀巴大师健在时建立的两层多高的弥勒佛像、克珠杰亲手塑立的六臂护法神像。"去了甘丹寺不去桑阿寺等于朝佛没有圆满"，也就是修行的路只走了一半。

白纳沟

白纳沟是灵动和人文的，阿古顿巴是藏族同胞心中的"阿凡提"，他就出生在德庆镇白纳村这个神奇的地方。

阿古顿巴是西藏著名的智慧型人物，他劫富济贫，用自己的聪明才智帮助当地老百姓摆脱农奴主的压迫。

在白纳沟，至今还保存着阿古顿巴故居的废墟、灵塔，以及他父母亲的灵塔等诸多遗迹。

在阿古顿巴父母的灵塔之间还有一眼泉水，那是白纳村全村人的水源，叫扎嘎曲米，是阿古顿巴的泉水，据说喝此水能强身祛病。当年这个泉水是属于头人老爷的，谁家去背水都要交税。阿古顿巴利用自己的智慧把泉水买了下来，免费供大家饮用。

白纳沟生态和谐。由沟顶到沟底，山势绵延，高原牧区、高山森林、峡谷湿地都真实地存在，在蓝天白云的映衬下，格外美丽清新，这也是拉萨周边藏族同胞过"沐浴节"的首选地了。

每年藏历7月6日至12日，人们便携上一家老小，约上三五知己，带上土豆、牦牛肉、糌粑等节日食品，来到白纳沟，欢度民族节日。人们纷纷脱去衣裳、解开发箍，在清凉、甘甜、柔软的高山清水里沐浴，洗去一年的凡尘，和太阳、蓝天、风儿、草原、格桑花、帐篷、经幡共舞，这是一场声势浩大的沐浴，是藏族与大自然的狂欢，也是外地游客到拉萨必须前往的独特体验。

拉萨的沐浴节已有700多年的历史。自从11世纪星相学传入西藏后，人们借助于弃山星的出没来区分春、秋季。每当七月弃山星出现，沐浴活动便进入高潮。弃山星隐没，沐浴终止。

白纳沟的沐浴节，也为拉萨这方神圣的土地点了一笔清清的高原绿。

交相辉映

达孜—对话藏式建筑

建筑的灵感来自于"自然",可却无法超越"自然",古老的西藏民族也不例外。

"自然"是不加修饰的美感,可是完完全全的"自然"未免安静凄凉,好像是不食人间烟火,自然会给人类压抑之感,建筑成了藏民族智慧的结晶,这是高原民族进步的体现。

无须茹毛饮血,还能遮风避雨,同时完成与神灵的对话,藏式建筑自然神秘,是藏民智慧的体现。

达孜的民居

达孜的民居是藏地最鲜活的元素,绵延千里、绵延千百年、绵延天上人间,在"生命禁区"倔强地存在。

在山间、河边、森林中,那三三两两的白,那一幢一幢的方,那每家每户的屋面一角高高耸立的随风飘扬的经幡,便是神秘的藏家民居。

藏家民居通常楼层不多,一般1~3层,但一定是独栋分布,在沿海地

藏式民居

区这就是独栋别墅了。

走进藏家民居，映入眼帘的一定是一个不算高大但富有内涵的藏饰门楼，墙体也好，门楼也罢，均为沙、石、木结构，更显现了"采天地之精华，集万物之灵气"的自然大气。

藏式民居的墙体一定是白色的，墙壁上规则或不规则的纹路，诉说着岁月的沧桑。

在高高的骑墙上，间或规则地开一排黑色小窗，据说这是黑金刚护法神的象征，有驱魔之功效。

藏族村寨的经幡随处可见，如果有水转经筒的话，那一定会在其上搭起一个呈尖塔状的经幡阵，由顶端向四周扩散，并规则地与沃土相连，四季川流不息的天上清水，在不经意间抚动水转经筒，自然地存在，悄然地轮回。

每家每户的房屋一角都有经幡猎猎作响，风吹灵动，如云似絮，映衬阳光紫气，村寨也就灵动起来，这不正是我们所认知的浪漫主义吗？

浪漫不分民族、不论地域，自然也是藏族同胞所挚爱的。

达孜的黑帐篷

散落在崇山峻岭间的黑帐篷是高原生命的宣誓。

黑帐篷不同于内地常见的旅行帐篷，在高寒高海拔地区，如何遮阳避雨、如何隔热保暖，这些都是搭建帐篷时需要考虑的。

藏族同胞喜欢用黑帐篷。由达孜扎叶巴沟、白纳沟、主西沟、罗普沟往深处走，至今还有习惯游牧生活的藏区百姓。他们选择把黑帐篷搭建在山沟沟的高地里面，一般选在两面或三面用山石竖起的矮墙边上，浑然一体，石缝中用糯米、牛奶等混合粘连，然后，剩余的外立面蒙上由黑牦牛毛编制的藏毯，太阳照射不进，遇雨雪天气藏毯上的牦牛毛会自然收紧，不仅防雨，而且冬暖夏凉。

内地的游客进入藏族牧区，可以选择安安静静、紧挨着黑帐篷席地而坐。静静地看着慈祥的藏家阿妈打酥油茶，美丽的藏家姑娘扎着复杂的小

黑帐篷

辫子，可爱的藏家孩童在嬉戏玩耍，藏族的阿佳啦（汉语"姐姐"的意思）在黑帐篷里忙碌着……如置身一个美好的童话世界，感受世界童话。

每一个置身其中的外来者，都自然而然地恍然穿越，不由得再一次扪心自问：我真的属于这个世界吗？

达孜的寺庙

达孜的寺庙一如藏区寺庙的主基调，是庄严的、厚重的。寺庙的色系为黄、红、白三色，黄色是活佛用的颜色。

在我的脑海里，红色是喜庆、欢乐的颜色，春节、婚庆那是必须得以红色为主基调的。在藏族同胞心中，红色是护法神的颜色，或者说是将士出战的颜色，比如，藏家设荤的宴席，藏语"玛尔段"，译为"红筵"。寺庙外墙涂红，里面供奉的一定是护法神。

白色是藏族同胞心中美丽、崇高的颜色。藏语中的"白"译为"尕鲁"，每年的藏历节庆，藏族信众们都会用牦牛奶、糯米粉、青稞粉混合成胶状，捐献给寺庙，自上而下泼洒在寺庙的白墙上，向神灵献上一条条流动的洁白的哈达，祈福安好。

达孜的寺庙

达孜——藏地千年产业的传承

"生命禁区"的产业，如高原美丽的雪莲，藏民族和汉民族共同书写的奇迹，在距离天空最近的地方绽放，迎风御雪，气贯长虹。

青铜器手工制作

达孜的青铜器是全国五省藏区中最为知名的，知名源自千百年的历史，知名源自严谨的"达孜工匠"技艺，知名源自藏族同胞智慧的结晶。

G318穿过达孜境内，带来便捷的交通。达孜地处拉萨东郊，为上风上水之地，有着良好的市场辐射功能。

200多年前，迁徙至达孜的康巴人爱上了这方热土，也带来了传承千年的工匠技艺，为藏区同胞所广泛认可。数千公里外的康巴人选择在达孜区德庆镇的白纳沟择水而居，也是对阿古顿巴勇敢和智慧的最好诠释。

白纳沟自山脚到山顶，绵延着15公里的车行山路，海拔由3780米升至4450米，到了路的尽头，就是前往山南桑耶寺国际徒步道的起点了。

在过去的几年时间里，据说登顶珠峰的国际友人团队从这里出发，历时3天，走到了桑耶寺，让这里成了资深驴友进入西藏的体验天堂。

白纳沟属于典型的高原小气候。

初春、深秋时节，如果赶得巧，就会一日看到四季的小气候。这儿的山泉水长流不息，水花溅在五彩圣石上，天空永远是蔚蓝色的，牦牛群在山间踱步，天上的云彩在山谷微风的轻抚下缓慢地移动，阳光映衬下的云影，有的似马，有的像鹰，有的如车……

只要你展开想象的翅膀，就一定能够找到你最喜欢的那朵"云标"。如果遇到下雪天气，那远方山顶的点点洁白点缀，状如天堂的童话世界，在阳光的照耀下，冰雪化作圣洁的水滴，一路奔流而下。

这一刻你只需做一次深呼吸，面朝阳光，轻合双眸，张开双臂，放飞心灵的翅膀。

白纳沟的青铜手工技艺是独一无二的。

作为玉巴家族第五代传承人、国家级工艺美术大师，罗布占堆从小就开始学习祖传的民族手工锻铜技艺。平整的铜片在有规律的敲击中，在他

达孜云标

非凡技艺的支撑下，成型的是一个个做工精巧、美轮美奂的铜制佛像和青铜制品。这种神奇和力量无法用语言来形容。

如今罗布占堆已经在达孜自治区级工业区开办了手工制铜厂，这些看似普普通通的铜板，在他们的手中被赋予了生命。

在吐蕃王朝时期，西藏锻铜已具规模，铜制品包括佛像、马具、牛具及家庭生活用具等。在昌都地区的嘎玛沟等地还陆续出现了官办的手工青铜制造企业。而罗布占堆的祖先就由嘎玛沟迁徙至达孜区白纳村，他们到达孜后陆续参与了大昭寺、布达拉宫、小昭寺、桑耶寺的铜像修复工作。

西藏锻铜技艺延续的是师傅带徒弟的模式，代代相传，目前达孜区白纳沟已经有 13 家青铜手工锻造家庭作坊，带动了当地数百个藏族百姓就业。

青铜器制作主要有 5 个工艺：一是学习绘画并绘制模型；二是在铜片上敲打出铜像的纹样后，沿着纹样四周用剪刀剪出缝隙；三是用固定的胶将纹样缝隙粘连；四是精细雕琢后再从固定的胶上取下来，点缀上珠宝、蜜蜡等；五是打磨清洗以后，焊接成型并镀金，这样，一件青铜器就算完成了。

这就是"达孜工匠"精神吧。他们是藏族同胞的骄傲,他们是藏族古老锻铜手工艺的传承者,他们更是达孜白纳沟的守护者。

世世代代,经久不息。

西藏面具手工制作

手工制作的西藏面具是西藏历史文化的珍宝。面具,藏语称"巴",主要用于各种民间表演活动,它与人们日常生活、劳动、娱乐有着直接的关系,遍及西藏各地。

西藏面具始于旧石器时代,兴于吐蕃王朝时期,被誉为"千年不老的高原秘密"。西藏的面具是中华脸谱艺术源头及发展演变的一个分支,这种脸谱艺术作为中国独特的民族艺术,在人类文明史和世界美学史上有着重要的地位。

据《西藏王统记》记载,在松赞干布颁布《十善法典》的庆祝大会上,"最大祛王,解闷娱乐,金戴面具,歌舞跳跃,或饰犀牛,或狮或虎,鼓舞曼舞,依次献技"、"高树之巅旗影飘,大正法鼓喧然擂"、"或饰犀牛或狮虎,或执鼗鼓跳神人,以各种姿态献乐舞,大挝天鼓与琵琶,钹饶诸乐和杂起……"可见,在松赞干布时代,面具已广泛应用于藏戏和民间歌舞之中,西藏面具也是吐蕃早期苯教图腾的活化。

如今,作为西藏面具重要的承载地之一的拉萨市达孜区,神灵、人物、鬼魂、神兽……在当地民间手工艺者的手中栩栩如生,应用于藏戏、民间舞蹈、节事活动、宗教活动、悬挂物件和旅游纪念品等。

西洛师从一名康巴汉子,他将这门手工艺带至拉萨市达孜区。他在区政府所在地的桑阿寺西南侧组建了达孜雪乡民间手工艺农牧民合作社,制作藏戏布面具,并被评定为西藏自治区级非物质文化遗产。

工匠、棉布、藏药、香泥、乳胶、颜料等这些看似关联不大的因素,在西洛的手中却有着神奇的表达。他将民族的信仰、藏族同胞的生活细节等均融入面具的制作,这就是达孜工匠与神灵的对话吧。

第一步,他们用水泥材质做龙骨,制作出栩栩如生的面具模型,这是非常关键的步骤。

第二步，根据不同的面具表情，贴上不同大小的棉布，一般需要贴 7~8 层棉布，在棉布里需要垫上藏纸，据说有防虫防蛀的功效。

第三步，把贴上棉布的模型晾干，然后用工具敲打，将模型内里的水泥龙骨敲碎去除，这样就剩下非常轻便的布艺模型了。

达孜面具

第四步，用十几种藏药磨粉混合制成的香泥，按照面具需要的表情，涂抹在布艺模型的不同部位，既防腐防虫，又赋予面具 3D 的效果。

第五步，待模型干透后，再着乳胶、均匀涂抹颜料，一个个栩栩如生的面具就成型了。

在上海世博会、西藏博物馆的面具艺术展及《文成公主》大型实景剧等大型公开活动中，均有着达孜民族手工面具的身影。

在达孜，藏戏面具手工业者已经有了 100 多人，方寸之间凝聚着达孜工匠的智慧和才华。

藏家蜂蜜和牦牛肉干制作

在达孜自治区级工业园区，我与阳光庄园公司的马吉锋总经理接触最多。

马总是甘肃人。他曾是广州宝洁公司销售部的负责人，一次偶然的进藏机会，使他喜欢上了这方神奇的土地，于是在达孜落地生根、开办了牦牛和蜂蜜的生产加工企业。

阳光庄园生产的"阿佳"牌牦牛肉和蜂蜜，品质是最好的。他们采用达孜或者当雄的鲜牦牛肉，通过标准化工艺，生产出备受市场欢迎的牦牛肉干。蜂蜜则以阿里地区、林芝地区的山花蜜源为原料，经过传统工艺制作，加工成为独具特色的"藏蜜"。

2015年，央视"舌尖上的中国"栏目报道了"阿佳"牌牦牛肉。借此机会，马吉锋迅速开办了网上旗舰店，在拉萨及周边市场迅速投放产品。仅2018年一年，阳光庄园牦牛肉和蜂蜜的销售就超过了5000万元，占拉萨周边牦牛干和蜂蜜销售市场的40%。马吉锋的目标是，未来3年内企业年销售实现翻番。

达孜是没有牦牛肉屠宰企业的，这也是尊重当地老百姓的习俗。达孜牦牛干生产企业的鲜牛肉，都是从达孜的藏族同胞家里收购或者从达孜之外的其他高原地区采购来的，虽然采购成本高了些，可达孜企业却是始终坚守这一原则的。

当然，达孜作为传统的半农半牧区，依旧保留着吃风干牦牛肉的传统。

每年藏历新年前，达孜牧区的百姓就会选择生长2~3年的牦牛，宰杀以后挂在屋外风干。待到来年去牧场放牧的时候，带上一块连皮的风干牦牛肉，这可是不错的选择。

到达孜休闲、旅游的观光客，只要心理素质足够强大，不妨用藏刀，在大的风干牦牛肉上划上一刀，来一口美味的风干牦牛肉，就一口高原青稞酒，那也是一种别样的体验。

高原青稞加工

农业是达孜的主要产业。达孜区耕地面积6.85万亩，其中80%的耕地都种植着青稞。

如果说西藏普兰是古格王朝贡品青稞基地，西藏泽当是吐蕃王朝贡品青稞基地，那么作为雅鲁藏布江上游流域的达孜，就是新中国成立以来西藏有机青稞最大的种植基地之一。

从达孜当地的藏族同胞那里了解到，藏地流传着一个"藏族王子和青稞种子"的传奇故事。

古代有一个聪慧、善良的藏族王子，看到自己的子民生活在水深火热之中，就连生活必需的粮食也没法保证，望天收、看天吃饭。于是，王子历经千辛万苦，从灵界蛇王那儿偷偷拿到了青稞种子，在他离开蛇殿返回自己国家的途中，被蛇王发现，蛇王把王子变成了一只狗。蛇王给王子下了诅咒，只有当一位藏族姑娘爱上这只狗时，他才可以变回王子原形，否则就得一直看守着蛇殿。

时间一天一天过去了，一次偶然的机会，这只狗救了一位不慎掉落山谷的藏家姑娘。这位美丽可爱的藏族姑娘爱上了这只狗，王子获得了爱情。于是，他带着他未来的公主和青稞种子回到了自己的国家。王子和公主举行了盛大的婚礼，带着他们的臣民辛勤播种、耕耘，大地上长满了青稞。人们吃上了香喷喷的糌粑，再也不会忍饥挨饿了。

人们觉得，是王子变成的狗给藏族同胞带来了幸运。为了表达谢意，在每年吃新青稞磨成的糌粑时，都要先捏一团糌粑给狗吃。

狗是藏族同胞最好的伙伴。放牧的时候，狗可以保护家畜。狗在野外活动的时候，身上就会粘上各种野生植物的种子，在田间、山边播撒繁衍。

在达孜自治区级工业园区内，有几家江苏援藏扶持的企业，正在书写高原青稞的新传奇。

"吉顺生物"是青稞醋的生产企业。企业采用的是来自江苏省镇江市"百年企业"——恒顺醋业集团的技术。

恒顺的香醋生产工艺已获得"国家非物质文化遗产"的殊荣。恒顺醋业集团派专业的技术骨干，落地达孜，以达孜的青稞为原料，研究生产出达孜特色的高原"青稞醋"。2017年1月，企业已经拿到了"QS"生产许可证。

制醋的过程有一道历时半年以上的"晒醋"工艺，高原日照时间长、气候干燥，达孜"青稞醋"较镇江"恒顺香醋"生产期短，而且成品里有7种微量元素超过了"恒顺香醋"的同类指标，青稞醋口感更好，营养价值也更高。

僧侣为种植青稞祈福

藏族同胞田间劳作

　　"藏缘"公司是青稞米酒、青稞白酒生产的龙头企业。该企业已落户达孜 10 多个年头，生产的白酒和米酒受到当地藏族同胞的喜爱，企业新开发的"我爱青稞"黑啤酒、黑青稞养生麦片，也受到游客的喜爱。

　　品着高原牦牛肉，来一口达孜生产的高原酒，体会不一样的高原感觉。

　　此外，春光食品公司也是一家以青稞为原料的食品、饮品深加工企业，它如雨后春笋，在达孜这方投资兴业的热土上蓬勃发展，为青稞产业续写着又一个阳光故事。

　　唐卡是藏族文化中一种独具特色的绘画艺术形式。每到达孜工业园区内的唐卡画院，都会想起西藏一个古老的传说故事——"四相和谐"。

　　据说，盘古开天地，青藏高原耸入云霄，那时的高原大地，没有植被，没有绿色，没有大的湖泊。在喜马拉雅山的南麓，生活着一种神鸟，没有人知道它的名字，只知道它的个头不大，嘴巴很尖，鸣叫的声音像唱歌。一天，这些神鸟在喜马拉雅山的南麓吃了很多带桃核的小桃子，然后集体飞到了雅鲁藏布江上游。神鸟在天河中戏水，将粪便排在天河两侧的泥土上。桃核也就随着撒播在了泥土里。有着天河水的自然浇灌，桃核迅速生根发芽，长出了一棵棵桃树苗，在河谷中连成了一片。这又吸引了来河边饮水的野兔，兔子们吃着一天天长大的桃叶，兔子的粪便又成为桃树

绘制唐卡

的有机肥料。就这样，桃树长大了，开花结果。河两岸桃花和桃子的香味，又引来了猴群。猴子吃着美味的桃子，然后又将混有桃核的粪便拉在更远的山上。桃树一天天长大了，枝繁叶茂，吸引了到河边戏水的大象。

因此，藏族的唐卡中最受大家欢迎的就是"四相和谐"了。

画中以一片桃林为背景，从下至上，大象、猴子、兔子和神鸟四个动物依次站立，就像叠罗汉，寓意着青藏高原这方神奇土地的魅力所在，四种动物和桃树种子，营造了一个和谐、绿色、安康的世界，这也是符合藏传佛教的教义吧。

拉姆拉卓唐卡画院坐落在达孜自治区级工业园区内。画院由年叙·多吉顿珠创办于 1998 年。画院在尊重唐卡传统题材的基础上，继承并创新了唐卡的五大派系，开创了独具特色的多派唐卡。画院在江苏南京、镇江等城市举办了精品唐卡巡展和鉴赏沙龙，为艺术界人士所广泛认可。

以往，唐卡只是居于庙堂之上，为高僧和达官贵人所拥有。多派唐卡一改传统唐卡繁多的画面表达。突出主题，画面注重留白，构图表现简约，使用传统的纯矿物质颜料着色，色彩表达淡雅，体现了唐卡的亲和力。

多派唐卡保留了宗教教义的同时，更增加了大众审美的艺术价值，使唐卡由小众走向了大众市场，为海内外游客所喜爱。

拉姆拉卓唐卡画院采取的是师傅带徒弟的方式。由年叙·多吉顿珠现场培训弟子，弟子学成以后再分别带新的弟子，这样薪火相传，让达孜贫困家庭的孩子也吃上了文化饭。画院先后培养了 500 多名当地农牧民青年传承艺人。

与拉姆拉卓唐卡画院同时起步的还有"吞柏谷"藏香的生产，这个品牌也已成为中国的驰名商标。他们在大昭寺步行街开设了藏香和唐卡的展示销售店面，每天都有慕名而来的客人参观选购。

高原玫瑰精油制作

相传 1300 多年前的文成公主因和亲而进藏，途经甘肃，信手带了几颗"苦水玫瑰"的种子来到拉萨，撒播在拉萨东郊的达孜区境内，青春韵华，千年守护，终将绽放，成就醉美的高原红。

如今，在达孜工业园区（卓玛秀主题体验馆）、达孜现代农业产业园（玫瑰生产基地），高原玫瑰得到规模化种植和标准化生产，"达孜苦水玫瑰"作为高原唯一的食用玫瑰，玫瑰精油、玫瑰纯露、玫瑰香水投放市场。当地与法国 Exopharm 公司联手进行欧盟有机认证，玫瑰精油、玫瑰纯露将出口法国。

西藏高原玫瑰种植基地将成为中国唯一的法国香水生产企业，成为达孜区"精准扶贫、精准脱贫"的示范基地、示范项目和示范企业。

高原空谷

达孜——驻村、包寺的故事

　　乡村典型的生活常被视为最理想的生活体验。乡村典型的工作，也被视为最基层的经验获得方式。

　　驻村生活是辛苦的，但工作一定是快乐的。在高原，这种体验尤为明显。

　　"驻村"也是"住村"的意思。24 小时"吃、住、行"全部在藏家村子里。8 小时以内的工作、8 小时以外披星戴月的安保巡逻全部在村子里。这是一件有情怀、有挑战的事儿。

　　达孜区邦堆乡扎叶巴村最低海拔 3780 米，最高海拔 4990 米，这里曾是我的"驻村"点。

　　这儿风景怡人，山水如画，历史厚重，可这儿的高反缺氧也要比拉萨河谷高上两个等级。

　　在扎叶巴村山顶的停车场（海拔 4550 米）待上 2 个小时，头晕目眩、胸口发闷、手指发麻等不适感就会一起袭来，准备稍不充分，就会措手不及。

　　当然，这里善良勤劳的藏族同胞，一样走在脱贫致富的康庄大道上，一样渴望得到更多的关心和帮助。在高原的日子里，我愿意和扎叶巴村的

勤劳的藏家大叔

百姓"同呼吸、共命运"。

驻村的第一天，热情的村民们让我倍感亲切。

一杯热水，亲切的笑脸，村民们一个劲地打招呼："对不起，我们这儿条件差，可千万别介意，您有什么要求就提出来，我们按照您的要求一定抓好落实。"

我的办公室和宿舍是连在一起的，总共 15 平方米左右，两张办公桌、一张小床，就是全部。虽然拥挤，倒也温馨。

只要村书记、村主任在，除了正常的会议和工作交流，他们都会每隔 10 分钟左右就来看看我，帮助续些开水、问一声安好，然后很谦恭地略略弯腰，伸出右手，手掌微微收起，大拇指和手掌并拢并朝向他们自己，后退两步离开。

这是藏族同胞与好友、长辈道别时最尊贵的礼仪。这样的礼遇常让我感到愧疚和些许不安。

基层干部群众是淳朴、热情的。能够和他们同吃、同住、同工作，能够成为扎叶巴村干部群众中的一员，这是我前世修来的缘吧。

都说乡村故事多。这儿当然也不例外。

扎叶巴村位于拉萨河谷的北岸，由曲布村、巴拉江果村、仲嘎村、扎西边觉村、直马村、斋康村、加苏果村等 8 个自然村落组成。

这个村地势十分特别，呈一个弯曲的直角分布在山沟沟里，海拔自上而下，从 4546 米降至 3780 米。共有 253 户 984 名藏家同胞居住生活在这儿。

说是自然村落，海拔

4546 米的曲布村也就只有 9 户人家。这里是传统的高原牧区，在冬季只有 4 户坚持住在山上，其他 5 户会陆陆续续地赶着牦牛住到山脚下的拉萨河谷旁，和牦牛一道越冬。

曲布村的联户长名字叫格桑达瓦。坐在海拔 4546 米的联户长家里，听着自己的心跳和不均匀的喘气声，我心里真佩服这位长期在高海拔地区生活、被太阳晒得黝黑、嘴唇有些黑紫的藏家汉子。

因为我们的到来，格桑达瓦的夫人拿出了自己制作的酥油膏，一阵忙活后，一碗清香的酥油茶便端了上来。

打酥油茶的藏家汉子格桑达瓦

一口喝下，从未有过的清香和亲切，让全身的每一处毛孔都通透了，那一刻，我就喜爱上了酥油茶的味道。

有驻村第一书记次旺欧珠做翻译，我们可以进行简单的交流。

当说到他的 3 个孩子，联户长的眼里充满了自豪与幸福。

3 个孩子大学毕业以后，不会再回到村子里放牧，但他们一定是更加幸福的。这是联户长的畅想。

他们两夫妻得坚守着祖上留下的这份家业和放牧的活儿，这就是故土的魅力所在吧。

这里的人们，或许一辈子未去过几座山以外的世界，他们却可能知道世界万物万相——只是在荧幕上得知而已。

现代社会里，像格桑达瓦这样足不出户，生活在一片小小的空间里，一生仅仅从事一术（放牧、打工、手工艺等）的人，越来越少了，可也愈发显得弥足珍贵。西藏的大山中、大河边，应该有这样的存在，他们应该是纯真、质朴的代名词，我想。

和联户长进行简短的交流后，我们行了藏家简单的告别礼，走出格桑达瓦建在山坳坳斜坡上的家。

回首望向村庄背后的远山，天依旧那么蔚蓝，云依旧那么洁白，两条成年的藏獒趴在院落外面，安静地晒着太阳。

格桑达瓦又背起了满满装着干牛粪的背篓向屋后走去。他步履缓慢而坚定，背微微佝偻着，在明媚的阳光下，身影被拉得长长的，映衬在大山的泥土地上，忽然显得伟大和清晰起来。

这是怎样的一幅场景呀！我不知道如何来形容，但这却真实地存在，就在眼前，那么清晰，时间瞬间凝固。

不觉间，风儿吹湿了眼睛、哽咽了喉咙。

生命禁区的普通藏家是伟大的、淳朴的，让人肃然起敬！

站在扎叶巴村的村头，面向南方、背靠身后的千年扎叶巴神山，极目远眺，河对岸的区政府、达孜工业园区依稀可见，天际线自然地绵延开去，别样的感觉涌上心头。

那是太阳升起的方向，潺潺的拉萨河水，静静地流淌了千万年，滋养着这方高原热土。

回首向西遥望，蓝天白云、巍峨大山、蜿蜒山道，如珍珠散落在山谷中的藏家，还有那目不能及的千年隐修寺院——扎叶巴寺。

这些都是故事的引子。

扎叶巴村迎来了大发展的机遇，政府已投入资金7000多万元，扎叶巴河谷疏浚及景观改造、扎叶巴游客服务中心、扎叶巴村委会办公楼等一批项目即将建成。

我们得记住次桑、次旺欧珠、达珍、格桑达瓦等名字。

旅游综合体夜晚的狂欢

次桑是扎叶巴寺管委会主任。次旺欧珠是达孜邦堆乡叶巴村委会第一书记。达珍是村委会主任。在他们的任内，僧人专心修行，百姓安居乐业，村集体经济健康起步，呈现一派欣欣向荣的景象。

他们都是普通的藏族同胞，可他们从事的工作一点儿也不普通。基层的稳定高于一切，基层的发展大于天。

这段高原乡村时光，虽然很艰苦，虽然很劳神，虽然会伤身体，可相对于收获而言，这些困难于我又算什么呢？

包　寺

尽管远离故土江苏，孤独一直存在，思乡从未止步，但我却不忘初心、牢记嘱托，干事、创业、创新的劲头从未减弱，不言停息。

"包寺"也是援藏工作的一部分。需要每天到寺管会、民管会去走走，做好服务工作。与僧侣、工作人员做一些交流，解决存在的实际困难。

我包的寺庙是位于扎叶巴村山谷的扎叶巴寺。

这里的风景的确令人震撼，这里海拔 4990 米，是典型的一山四季、一日四季的高原小气候，有着不一样的高原风景。

这里的工作同样重要，特殊的地理位置、特殊的区位所在、特殊的工作环境，各项宗教事务、社会事务事无巨细。这也是对援藏干部的一种考验吧，我需要去融入这里，共同维护当地的长治久安、和谐发展。

来拉萨的普通游客，选择到扎叶巴寺，一生也就 1~2 次而已，可谓是体验藏乡文化、行走高原的神奇旅程。粗略算来，自 2016 年 7 月份进藏后，我曾先后 41 次抵达扎叶巴寺。每每上山及下山以后的头痛、胸闷和腿骨关节酸疼，然后就是连续数天的失眠，这些经历让我至今记忆犹新。

其实，对于到青藏高原旅行的游客来说，体验高原反应是一定要有

景 致

绿满山谷

的，否则就不是"不一样的体验、不一样的旅程、别样的风情"啦。据医学研究，在西藏停留不超过2个月，不会对人体造成伤害，因此，到西藏短期旅行大可以一百个宽心、放心。

扎叶巴寺——中国海拔最高、规模最大的石窟佛寺。扎叶巴寺建成历史已有1375年，比布达拉官的建成还要早100多年。

扎叶巴寺是藏传佛教隐修之地的典范，曾有一座噶当派的寺院和一座小昭寺上密院结夏安居的专用道场，现已成为废墟。

现存的格鲁派寺院就建在山峰如刀的拉日宁布山崖上。

车辆可以载着你一路上到海拔4550米。然后你将历时2个小时，步行至海拔4800米的高度。阿底峡大师、松赞干布、帕当巴桑杰和莲花生大师的修行洞便一一呈现在你眼前。

格萨尔王曾在此地活动，在山后留下了射箭穿石等遗迹。

扎叶巴山上有108座白塔、108个修行石窟。缘起洞、金刚手洞、弥勒殿（桑阿林）、法王洞、拉隆洞、月亮洞、十日洞、太阳洞、密洞、铃洞……每一个洞都有说不完的故事，每一个洞都曾有大德高僧在其中修行，这些都是扎叶巴最为厚重的历史遗存，留给后人瞻仰。

扎叶巴沟的石头是多彩的，紫的、灰的、蓝的、白的，就像这里的民风一样，热情、坚韧、淳朴而善良。

在乘车去扎叶巴寺的山路上，沿途一定会遇到藏族同胞向你招手搭便车，他们有藏族阿佳啦（姐姐）、藏族普沐啦（姑娘），有藏族玖啦（哥哥）。

与藏族同胞短暂的同车行进，一句简单的问候、一个简单的手势、一个淳朴的微笑，都令人难忘。你能说这不是一次不期而遇的惊喜吗？

莲花生大师云："我从未离弃信仰我的人，或甚至不信我的人，虽然他们看不见我，我的孩子们，将会永远受到我慈悲心的护卫。"

好吧，扎叶巴寺冥冥中佛性的牵引，无须表白、何用惊慌，她安静地存在，也需要安静地存在，去护佑这方千年轮回。

于高山之所，虽日忙夜难寐。或与僧侣交谈，或与工作人员交心，或独居于一隅冥思，或读书写作，或观星亲水，也算"苦"中作乐吧。

白纳沟天河

达孜——行者无疆

高原小花

2018 年 9 月 12 日。

不知不觉，到西藏两年零两个月了。

不长不短，刚刚好。

有幸，送别几位江苏援藏的领导和兄弟返回南京，在送别的会议上，居然看到江苏援藏总指挥胡洪书记在擦拭眼角，他大致跟大家强调了三点：感谢、抱歉和期盼。

会后，一位要回去的兄弟说："到不了的是远方，回不去的是故乡。"他还说："回不去的是时光，人间处处是故乡。"这是说拉萨已然成为心灵的第二故乡了吗？

1994 年以来，江苏省一直对口援助拉萨市，按照中组部的要求，采取"压茬式"援藏，也就是说，三位江苏援藏总（副）领队，加上江苏省发改、财政和住建 3 个省级机关的 3 位兄弟——先期 1 年左右抵达拉萨，1 年后，大部队才一起到拉萨。周而复始，保障援藏工作的延续性和可持续性。

今天是这批援藏干部 3 年到期的日子。

这是个告别的日子。"人间处处是故乡。"这句话说得真好。冬天到了，春天还会远吗？一不小心，我被感动到啦。

两年多前，当组织上送我们离开江苏的时候，谆谆嘱托："一定要注意身体，一定要健健康康地去、平平安安地回。"

我的好兄弟，不是一或者两个兄弟，是江苏援藏兄弟的泛指，这是前任援藏干部告诉我的。

我的好兄弟。我的故乡。祝福一切安好！

生命本就是一场远行，不会重来、不能回头，更不可后悔，生命追寻的不是远行道路的尽头，而是在路上和沿途的风景，行者无疆。

陈志文，一个响当当的名字，IFPS "中国十大徒步人物"、*Lonely Planet* 丛书特约专家、国际市民体育联盟中国理事、《中国国家地理》项目导师、撰稿人。

我喜欢亲切地称呼他陈老师。

陈老师前前后后到过西藏 37 次，我们相识在达孜区的一次偶遇。

《中国国家地理》杂志编导团来达孜采风，推出 "拉北精品旅游环线"，筹备为达孜扎叶巴寺等美丽景致 "鼓" 与 "呼"。

达孜是拉萨的东郊 "好时光" ——人文、生态、净土，扎叶巴是西藏秘密殿堂级的存在，自然成为采访的重点。

第一次，算是一面之交吧。

第二次，相遇在南京。恰逢陈老师为即将去西藏的 "驴友" 上一堂行前课，出于礼貌，陈老师安排课前简单交流。

我却说了很多，对于拉萨和达孜的浅薄认识，援藏的新鲜事、新鲜人、新鲜物及我的所思所想。聊之甚欢，有些忘形，真情流露时说，想写一本有关达孜的书。

陈老师的眼睛立刻闪亮起来，仿佛有了很强的共鸣，立马竖起大拇指并给出了建议。他建议从景观、人物和大美三个角度切入，并催促我抓紧时间写作。

好在进藏前就受到好友的鼓励，我前期做了一些积累，说干就干。

第三次，我想用 "惊艳" 这个词来表达自己听到 18 年前陈老师 "穷游" 西藏的经历时的心情。

陈老师先后独自徒步阿里、林芝，穿越可可西里，朝觐冈仁波齐神山，一路的辛苦、一路的收获……

好吧，我愿做一个安静的听众，品着高原的酥油茶，随着陈老师的回忆，再次回到了那惊心动魄的时代。

陈老师最得意的是他 1999 年的穷游。

身上只揣着 500 元钱，从南京出发，由青藏线进入西藏，这可是终极挑战自我的节奏。一路搭顺路车，一路在顺路村庄住宿，一路的艰辛，当然也有一路的永远记住。

颠颠簸簸、磕磕绊绊过了西宁，进入可可西里无人区。陈老师摸摸胸前越来越瘪的装钱的口袋，看看前路的渺无人烟，咬咬牙，上了一台开往拉萨方向的当地人的大巴。

司机要 50 元，陈老师还价到了 30 元。

上了车，陈老师特别不喜欢司机区别对待每一个乘客。一位韩国姑娘被要求支付 300 元的车钱（那可是陈老师近一个月的工资呀），而对当地的族人只要 10 元。

陈老师在车上迷迷糊糊地睡着了，他做了一个梦：满车的陌路人睡在汽车的卧铺上，客车成了令人压抑的空间，他一声惊叫从梦中惊醒，大声喊着："司机，停车！我要下车！"

边上一位同行的小伙子用手肘拱拱他，再用手指指外面，说道，"兄弟呀，外面下这么大的雨，你现在下去，是准备不活了？"

陈老师努力睁了睁惺忪的眼睛，瞄了一眼窗外的瓢泼大雨。

他稍做迟疑，还是大声说："司机，快停车，我要下车！"对于这位司机、这台车子，陈老师打心眼里不喜欢。

车子开走了并很快消失在茫茫雨雾中。陈老师把冲锋衣的帽子和拉链又紧了紧，摸了摸背着的防雨旅行包。一个人，走在伸手不见五指的漆黑夜里，好在下雨，好在还有雨声，因为，陈老师不喜欢安静。

就这样走着走着，1 个多小时过去了，遇见的就只有 1 台小车、1 台卡车，而且小车还是反方向行驶的。

陈老师用力地挥手，卡车却一路疾驰而去，留下的是车轮压过路面溅起的混着泥巴的水花，"哗"的一声，泥水溅了他一身。

在黑夜中再回首。陈老师借着远处微弱的光，感觉到有 2 台卡车驶来了，他迅速站到靠马路中间一些，把黄色的包包高高地举过头顶，拼命挥舞，想让黄颜色在车灯的照耀下更显眼一些。

随着"吱——"的一声急刹车，车头停在了距离陈老师 1 米远的地方。

卡车司机把头伸出车窗，朝着陈老师招招手，示意他抓紧上车，陈老师心里一阵高兴，爬上卡车副驾驶的位置，此时，卡车的副驾驶员正睡在驾驶室后方的小睡床上。

司机倒也不喜言语，眼睛紧盯车头前方 5 米处，因为再往前也就啥都看不见了，好在是行驶在渺无人烟的可可西里。一路颠簸，一路风雨兼程。

车子在凌晨 3 点多到了 G109 路边的一个小镇，或许只是一个小县城吧。

一个小得不能再小的旅店。三间通铺，一个灯光昏暗的小收银台。卡车司机甩给店掌柜 30 元钱，要了个 3 人通铺间，蒙头就睡着了。"这得有多累呀！"陈老师想。

不过陈老师可没睡着，他躲在被窝里，看了看手表的指针，此时正是早晨 7：30。

他蹑手蹑脚地披上外套、穿好鞋子，伴着两位司机大哥均匀的鼾声，走向屋外。临别还不忘回头，用手机给熟睡中的两位大哥拍张照，又给卡车的牌照拍张照。

他身上仅有 10 元保命钱了，不到万不得已，是万万不能动的。"两位大哥，对不住了，等到了拉萨挣到钱以后，一定还上，报答你们的恩情。"他心里默念。

雨停了，太阳光透过云层散在地面上。

陈老师继续着他的徒步之旅，不知不觉过去了 3 个多小时，听着后面卡车临近的声音，一声粗犷的声音传来，"傻小子，跑什么跑？不要你的钱，跟哥上车，一起进拉萨！"

就这样，经历两天一夜的行程，陈老师最终到了拉萨。

用三句话小结一下吧："好人多福，坚持和执着让不可能成为可能！这不正是行走西藏的力量吗？"

我竖起了大拇指，由衷地佩服陈老师。

　　"达孜过客"是我认识不到半年的一位朋友。

　　与"达孜过客"在内地初次见面，就有一种特别的亲切感。简单的交流、简短的寒暄，相互留下了很好的印象。于是，诚挚地邀请他来达孜看看。

　　后来，他真的带着家眷、携着朋友来了。相互怀着满满重逢的喜悦。在机场，我为他献上了洁白的哈达、一个大大的拥抱和一句真诚的"扎西德勒"。

　　在达孜的日子里，我们去了扎叶巴，到了拉萨河，走了达孜工业和农业园区，过了藏家最纯正的"林卡"。

　　都说美好时光是短暂的，更何况是这么投缘的朋友。

　　在行走的过程中，朋友忽然询问我的星座，我即刻反问道："难道你也是摩羯座？"他紧跟着说："认真、执着、感性……"

高原草甸

或许，这就是与生俱来的默契吧，我们在江苏相识，友谊在达孜升华，这不就是行走西藏的力量吗？

我们都是人生的过客，"达孜过客"为我们在达孜援藏的好兄弟送上了一份真性情。

高原的那一夜

是奶茶还是酒精的作用，

用狂激的心诵读仓央嘉措的《那一天》。

我们流着泪唱着《我的好兄弟》。

走在八廓街上，

天上的月亮就像美丽姑娘的眼睛，

琳琅满目的藏式工艺品，

叩长头的虔诚信徒，

卖工艺品的小姑娘。

我的心醉了，

醉得不像自己，

像一个流浪街头的孤儿，

像一个受了情伤的王子，

像遇见等待多年的情人，

像大山里的孩子第一次看见外面的世界。

是我们疯了，还是这个世界疯了？

是压抑多年的寂寞和苦闷在一夜间爆发！

承担着历史责任和家族的荣誉，用本不健壮的身体抗击自然的侵蚀！

兄弟，

你们的脸上明显多了几分岁月的沧桑，

多了几分坚定，

在充满血丝的眼神里，

我看到了每天的辛劳……

我走了，

带着兄弟的款款深情和祝福。

那一夜，

泪水流满了我的脸，

是伤感，是激动，还是失落？

望着远去的兄弟的背影，

我哭了。

在这茫茫的大山高原，

我要为你们祈祷，

扎西德勒！

读着这份心情、读着这首不能谓之严格对仗的诗，回想短暂美好的遇见，我们也哭了。

是的，援藏的日子是艰苦的，但援藏的日子又是幸福的。

好兄弟、好朋友和远方的牵挂，我们同为过客的感动，这不正是我们恰恰缺少而需要补上的一堂人生课程吗？

藏地老师

在拉萨偶遇黑冰老师。"黑冰"，看起来像是一个藏族的名字，初见他也觉得是藏族，黝黑的皮肤、沧桑的短胡须、一个艺术家范儿十足的辫子，其实他是汉族人。

黑冰老师本名叫"白冰"。在拉萨的江苏商会见着他，就觉得亲切，没来由的。

黑冰老师供职于西藏歌舞团。他写剧本，也写散文，还担任过很多藏区文艺节目的导演、总导演。

和黑冰老师交流，觉得他特有艺术范儿。分享一下老师的心情，那是青藏高原的情怀。

是什么力量驱使着人们行过千山万里，那些渐行渐远的身影之下又藏匿着些什么？

世界之大，大而亘古。世界之小，小而恒久。日出日落，斗转星移，断墙残垣，沧海桑田，风云变幻，四季流转。

历史的浩瀚深邃，宗教人文的璀璨深远，它诉说的是人与天地、自然的关系，生命的循环往复，自然的更替交叠，当我们穿过雪山深处，直面于这看不到的时间风景，仿佛活在世界的尽头。

斗转星移，云卷云舒，雪融霜尽。

圣湖澄净如洗，冰川伫立千年。风声永不止息。浩瀚宇宙，神奇自然。我们今生的相遇，对世界的困惑，对死生的迷惘，对一切机缘的种种未知，对生命的思考，对痛苦的回避，对现实的压抑，都在支撑和驱使着我们去寻找答案。

一切皆流，一切皆变，无物常驻，是生灭法；色即是空，空即是色，诸法空相，不增不减。

是要描绘一幅画卷？营造一种意境？讲述一段往事？温暖一颗人心？

我们希望能反思并心怀希望与信仰豁达地直面自己创造的世界与人生，珍惜我们本就拥有的自由，倘然面对那些难以入定的纷扰，透过肢体，触摸灵魂，浮生百态，等待轮回。

自然和人工。静止和流逝。诞生和死亡。消亡和永恒。

你听，那旷古的清风呢——

坝上草原夜

红　墙

　　不知不觉，来自五湖四海的游客，抵达达孜游览的已经以"万"来计数了。

　　他们中，有老人，有中青年，还有孩子。职业也不尽相同，可他们有个共同的特点，就是决定来拉萨达孜的理由：在看到了达孜"全域旅游"的宣传、藏地精品线路以后，知道还有一批来自江苏的援藏干部坚守在达孜，于是他们选择遇见达孜。

　　他们克服对高原的心理恐惧，暂时放下了工作，选择了一场说走就走的"天上西藏，云上达孜"圣地之旅，来青藏高原赴一场心灵之约。

　　我们在援藏期间，曾奔赴全国10多个省市举办了17场"天上西藏，云上达孜"旅游专题推介会，社会反响很好，许多内地旅行团和背包客不约而同地选择达孜作为旅游目的地。

　　他们的到来，同样让我们感动。我只要有时间，就一定会和内地来达孜的游客见上一面，和他们拉拉家常，聊聊西藏的风土人情，提醒他们在高原的注意事项。

　　大家关心最多的是我们援藏期间的身体情况，我们从事援藏工作的情况。几乎每个旅行团的游客都会问这样的问题是："你们在这儿缺氧吗？""我们才来几天，都觉得高反、鼻子出血、难受，这么长的时间，你们是怎么熬过来的呢？""你们做了这么多工作，当地的干部群众欢迎你们不？"……

　　一 个 个 问

来自江苏、安徽的游客

中华环保世纪行在达孜

题，分明就是一份份关爱，来自内地兄弟姐妹的关爱。我自然微笑着、耐心地逐一解答。

好多游客听到我们的讲解后，眼里浸满了泪花，不自觉地去擦拭。这是怎样的一幅关爱、理解和心灵互动的场景呢。这也是我们无悔地坚守在高原，让自己逐步强大起来的理由吧。

记忆深处，我们不会忘记，有幸选择到达孜旅行的每一位内地游客。

他们中年龄最大的已 86 岁，老人家到了达孜，居然独立登高、游览了海拔 4990 米的扎叶巴寺，下山途中虽然嘴唇和脸色由于缺氧而呈现紫色，可老人家眼里却是满满的坚定和沉着。

他们中，有一位来自镇江的游客，他的父亲是修建青藏铁路的工人，在修建铁路的过程中，父亲的战友们有好多都长眠于地下，永远陪伴着西宁至拉萨的这条"东方钢铁巨龙"。修建完铁路后，他的父亲回到了家乡，可高原病找上了他的父亲，老人家的身体状况也每况愈下，再也不能来高原了。当老人得知推出"天上西藏，云上达孜"这条游览线路后，就要求儿子报名参团到拉萨、到达孜看看"钢铁巨龙"尽头的高原美，了却自己的心愿，这是特殊的情结吧。他带着父亲的嘱托来了，给父亲传去了高原沿途美丽的照片。他看到我们在达孜援藏人的坚守，紧紧拉住我的手，久久不愿意松开。那一刻，时光仿佛凝结。是的，都是一份高原的至美情结和无私奉献，时光永不老去，心灵碰撞的火花那一刻美丽绽放。

"欣赏，是人生的一种情趣，是生命的一种情怀。用欣赏的眼光看世界，你便是幸福的，世界便是多彩的。"这是王媛媛的人生信条。可能是缘于在达孜扎叶巴新游客中心的一次匆匆擦肩吧。她带着父母亲到了拉萨、到了达孜，说是为了实现妈妈退休以后来"世界第三极"看看的心愿。

带着父母来一场说走就走的旅行，珍惜和父母旅行的时光，只为父母的笑容。

我和他们一家三口做了简短的交流，相视一笑，并祝福旅途愉快。

王媛媛真诚地道别："为江苏的援藏干部点赞，我会把所看到的美丽西藏告诉身边的朋友，更多地了解美丽西藏，美丽西藏离不开你们这些可敬的援藏干部！"

这，便是最好的肯定和褒奖吧。感谢大家，浩浩达孜客。高原旅行，也是对高原坚守和援助的最好支持，我们共同让一株株格桑梅朵在青藏高原努力绽放！

达孜花开意

达孜——援藏奉献

特别能吃苦，特别能战斗，特别能忍耐，特别能团结，特别能奉献。

——"老西藏"精神

达孜是距离天空最近的地方，镇江是江苏具有深厚历史文化内涵和发展潜力的地级市。

2019 年 1 月 25 日，中共镇江市委书记惠建林在召开的"2019 年援派干部春节慰问座谈会"上说："刚刚过去的 2018 年，援派干部们在习近平新时代中国特色社会主义思想指引下，踏实干事、奋发进取，展现了过硬的政治素质，干出了过硬的工作业绩，彰显了过硬的战斗作风，出色完成了对口支援各项任务，市委、市政府表示充分肯定。"

中共镇江市委副书记、市长张叶飞指出，2019 年是全面建成小康社会的关键之年，也是本轮援派工作的攻坚年、收官年，希望援派干部们按照中共镇江市委、市政府的要求，再接再厉、奋发作为，始终高扬锐意创新的勇气、敢为人先的锐气和蓬勃向上的朝气，以优异的成绩向中华人民共和国成立 70 周年献礼。

达孜和镇江，两地自 1995 年结缘以来，始终没有停止过交流和交往，24 年的承载，兄弟情血浓于水。正如 2017 年 8 月 20 日，中共镇江市委副书记、市长张叶飞所言："镇江有 7 个县区，达孜是镇江第 8 个县区，援藏干部就是两地共同发展的使者。"

今天，贾云亮、李军、朱峰和我接过了支援的"接力棒"，作为第八批援藏干部，为达孜这方热土、这项事业和这份组织上谆谆的嘱托，奉献自己的力量。

尽管远离故土，孤独一直存在、思乡从未停止，但我们不忘初心，援藏兄弟和藏族兄弟间的真情愈发浓厚。干事创业创新的劲头从未有丝毫减弱，那段深情厚谊一如既往，不言止息。

暂居于高山之所，虽日忙夜难寐。或独居于一隅冥思，或读书追剧，或观星亲水……也算苦中作乐吧。

人生几何，幸得知己。一书一石，一笔一笺，点墨岁月。静水流，高山长。

经济学家彼得·德鲁克认为，要想成为一个卓有成效的管理者，需要培养5个方面的好习惯：合理利用有限的时间，注重对外界的贡献，更好地运用自己和他人的优点，关注少数重点事项和领域，科学地做出正确决策。

卓有成效是可以学会的。在达孜的三年，我得放弃部分旧的工作和习惯，学习养成新的工作、习惯，力争卓有成效地服务援藏工作。

援藏工作怎么干

来到拉萨市达孜区，工作的状态和内地有很大差距。

缺氧导致持续失眠，晚上失眠成了常态。每每夜深人静的时候，会拿起一本书或者打开电视机。

可是，书读久了眼睛便充血，电视看久了太阳穴便疼痛，躺在床上翻身次数多了便会胸闷。哎！这是到西藏必须度过的关卡啊。

显然，初来达孜宝地，想像在内地一样保持轻松的工作状态已成奢望。那就只能尽量放松吧。

我们经历了中央环保督查、国务院安全督查、中央财经审计、迎接十九大的召开、欢度祖国七十华诞、纪念西藏百万农奴解放60周年、达孜撤县建区等一系列重大工作或重大事项，这是机遇，更是对我们的考验。

24年来，前七届52名中共镇江市委、市政府选派的党政干部和专业技术人才（援藏医生）到达孜工作。达孜累计落地援藏项目78个，投入援藏资金超过3亿元。达孜自治区级工业园区（西藏唯一的自治区级）、达孜现代农业科技示范园建成，区域一、二、三产构架初步形成。净土健康业和文化旅游业正在成为主导和先行业。达孜中心小学、村级基层政权建设、区域交通路网建设等也稳步推进。

我们怎么干，干什么？这是一个大课题。

加强人才和智力支援是首要任务。

在西藏的日子里，我们和后方的产业管理单位、社会事业单位对接争取，先后选派 20 名医生到达孜开展医疗援助，环保、国土、供电部门派出 10 多位专业技术人员进行技术援助，江苏、上海、浙江的旅游、环保、建设、规划设计等部门进驻达孜，帮助梳理发展思路和重点。

我在内地从事过旅游规划、项目建设、产业招商等工作，不知不觉中，竟成为达孜领导干部心中发展旅游项目的旅游"行家里手"，心中难免有些忐忑吧。在我完成组织交办的援藏工作任务的基础上，区里又把全区的旅游产业发展工作托付给我。

我感到压力巨大，而且有别于内地的工作压力。高原缺氧、经费不足、规划缺失、项目储备不足、市场尚未拓展、人才队伍尚未组建，林林总总。

克服短暂的内心煎熬后便安下心来，认真思考困难、问题和解决路径。说干就干，在前任打下的良好基础上，我从请教内地专家入手，组建并依靠团队的力量，梳理出"继承—创新—布局—开拓"产业的发展思路，在拉萨市范围内，率先提出全域旅游发展、培育达孜旅游战略性支柱产业思想。

"策划"＋"规划"＋"计划"，三划合一，达孜全域旅游规划、镇江路核心景观带改造、达孜扎叶巴村容村貌整治、白纳沟旅游区开发等方案确定，并依次序严格组织实施。

解放思想，敢为人先。我们率先探索高原产业的市场运作模式，积极筹措资金，全力做好达孜扎叶巴旅游综合体开发建设和营销推广，并得到中共拉萨市委、市政府主要领导和江苏援藏指挥部主要领导的重点关注和大力支持。

关注"朋友圈"，与拉萨布达拉旅游集团合作，探索组建"达孜登巴旅游发展公司"，整体运营达孜旅游线路和产品，重点实施达孜白纳沟阿古顿巴主题公园项目建设，探索资本运作及国企上市路径。

发挥达孜自治区级工业园聚集效应。当好助手，在西藏自治区率先探索落地工业旅游、经济开发区理念，强化项目招引，实施 1.5 亿元的工业旅游示范区开发建设，通过产业带动，推进达孜工业园区转型升级。

找项目，做平台

我们到达孜援藏，主要工作任务是从事与产业相关联的事项。思路、方向和重点工作理清了，就得有钱、有平台、有技术来支撑。

一方面，我们每年争取到江苏省援藏项目资金 6000 多万元，做区域经济的"增量"。通过努力，使达孜扎叶巴村容村貌整治、小微企业孵化基地、区域精准扶贫、藏家乐、高原"移动医院"等 20 多个援藏项目开工或建成。

感谢后方单位的支持，镇江市在上海举行的旅游文化招商会上，我们重点推介了达孜招商引资项目。西藏维斯凯酒店、西藏景优科技公司、西藏双盛医疗、西藏玫瑰科技公司、西藏曼杰拉生物科技、江苏天空物业公司成功落户达孜，开启三产服务业发展新空间。

扎叶巴村容村貌整治项目效果图

另一方面，谋划沿海地区平台和技术的支撑。

"西藏达孜净土健康产品展销中心"在镇江西津渡景区试运营，达孜自治区级工业园区 30 多家企业生产的商品上架销售。占地 3000 多平方米的"西藏达孜产业交流中心"在镇江落地运营，成为达孜在江苏招商引资、净土产品展销推广、干部培训和合作交流援藏的重要前沿阵地。

江苏盛世康禾公司、南京高原反映公司上架推介营销达孜区域形象和特色产品，全国门店达到 100 家、线上覆盖会员 6 万多人。

在援藏的过程中，我们也深切感受到工作的艰辛。

我除了在达孜工业园区从事工业援藏工作，还和朱峰副区长分别各负责 2 家产业投资公司。

一开始和部属、同事谈工作或者开会时，我发现鲜有人用笔和本子记录，心想可能是同事们的记忆力好吧，谈完后我总不忘再强调一下，追问他们是否记住要点，是否可以落实。我得到的总是肯定的答案。

白 塔

可是，答应的期限过了，再问事情办得怎么样了，得到的回答非常干脆："不好意思，忘啦!"而且，他们通常也不会因此有过多的愧疚。

哎! 这是什么状况呢？

随着在藏时间的逝去，我逐步明白，其实这也是高原反应的一种表现，脑部供氧不足，就会影响到大脑的记忆，不经意就会健忘。

怎么办？

我们只能先适应这儿的环境，认真做好调研，摸清底数，发现优秀的同志，找到更好的工作方式。再对症下药，构建大家"想干事、能干事、干成事"的工作氛围，这些也算是考验我们对企业的管理和驾驭能力吧。国企内部科学管理、培育良好的团队协作、创新开展好工作，这是一个挑战，还有其他更大的困难在不断挑战我们的极限。

项目开工建设前的各项报批手续包括：科研及批复、初设及批复、概算及批复、环评、稳评、地勘、测绘、消防评估、人防评估、质检评估、五书一证的办理等，招标代理公司摇号、招投标、项目公示、施工进场、主体竣工、各类验收、全过程跟踪审计，等等。各个环节环环相扣，差一个环节，就得暂停。

哎! 也说不出哪个环节不到位或不给力，可就是觉得慢啊! 这对人的耐心可真是个考验。粗略估算，项目前期手续跑完，得需要大几个月的时间。

实体企业招商也是磨破嘴、跑断腿的事。

西藏拥有地域特殊性，国家给予了较为特殊的税收优惠政策。因此，西藏主要有两类企业落地：第一类是总部经济，生产、销售可以在内地，但可以把西藏作为总部的枢纽，盘活了边疆经济同时获得税收优惠。第二类是实体企业，扎根西藏、投资西藏、发展西藏，为边疆带来直接的劳动就业、产品生产和税收贡献。目前前一类占大部分，而后一类就较为稀缺了。达孜工业园区也只有实体企业68家。

到了西藏，我们借助去成都、上海招商及返回内地休假的机会，和内地的客商交流商谈，携程网酒店投资管理部、新希望集团、同程网、上海景优科技、江苏盛世康禾公司、红星美凯龙、江苏天空物业、浙江极水、江苏双盛医疗、江苏苏宁集团……凡是有直接接触或是通过朋友关系可接触的，都是我们招商引资的对象。

随着西藏企业税收政策的逐步内地化，实体企业成为西藏经济社会发展最大的内生动力。

我们曾经历过，在达孜园区 1 天谈 3 家企业、会谈超过 5 个小时，结果高反接踵而来，头疼、牙龈肿痛、关节疼，晚上严重失眠……去成都招商，刚下飞机就拜会客商，从高原到平原，醉氧会让人随时睡着……怎么办？只能振作精神、努力坚持，方才对得起"援藏干部"这个身份呀！

扎叶巴旅游综合体

扎叶巴旅游综合体也是对扎叶巴乡村项目点、扎叶巴产业综合扶贫区、扎叶巴藏乡民俗村落、扎叶巴美丽乡村地的泛指。

2018 年 6 月，"达孜区扎叶巴乡村更新和整体规划设计"入围 "2018 年度 WAF 世界建筑节大奖"，为西藏唯一入围该奖项的项目。本次世界级大奖全球共有 1000 个项目设计入围。中国入围项目 62 个，获奖项目占比

静　塔

达孜全城旅游路演

6.2%。本项目也是江苏产业援藏的重点项目之一，项目一期基本建成。

2018年12月，扎叶巴藏乡民俗村落被列入2018美丽乡村博鳌国际峰会确定的"全国百佳乡村旅游目的地"名录。

作为全国唯一的省级集中连片贫困地区，西藏自治区在脱贫攻坚过程中面临点多面广、基础薄弱等问题的严峻挑战。达孜区作为西藏的组成部分当然也不例外。扎叶巴村位于拉萨达孜区邦堆乡扎叶巴沟内，距拉萨市区约20公里。在旅游区位上看，扎叶巴村旅游带位于拉萨市"一心三廊多点"的城镇空间结构下的"一心"（中心城区）范围内，属于"多点"中的重点村庄。

扎叶巴村容村貌整治项目也是江苏省第八批派驻达孜区的援藏团队重点关注的产业扶贫项目之一。

扎叶巴产业综合扶贫区建设有着很好的区位优势。扎叶巴产业综合扶贫区规划建设面积5平方公里，区内有8个自然村落，人文、生态和产业是这里的最大特色。项目计划总投资3.7亿元，包括藏密天空酒店、崖壁酒店、特色商业街、藏家村寨、福田花海、三色天池、游客综合服务中心等子项目。

在当地干部群众和我们的共同努力下，已投入资金 7000 万元，其中援藏资金 1100 万元，2019 年继续投入援藏资金 2300 万元。扎叶巴村容村貌一期整治、河流整治及景观梳理、部分藏家村落外立面改造、室内特色创业街已经竣工；千亩高原油菜花海已经初具规模；扎叶巴山顶停车场的游客服务站投入使用；由达孜区主导开发或引入的 600 多个类别的特色旅游商品上架销售。

2018 年 7 月，达孜区级众创空间——达孜扎叶巴文化旅游众创空间在扎叶巴落户并初步形成了特色旅游文化品牌。到 2020 年计划创建拉萨市级众创空间，吸纳 20 余家企业入驻，带动当地 20 名以上大学生创业。

扎叶巴村容村貌一期、二期建设过程中，为叶巴村提供了将近 150 个就业岗位，每个岗位平均带动农牧民每人每年增收约 6000 元。项目建成后预计提供直接就业岗位 80 个，年度分红 20 万~30 万元，带动 15 户左右的建档立卡贫困户，助力拉萨旅游产业提升。

越来越多的农牧民参与到旅游投资建设项目中来，其中一部分农牧民贡献自己的体力和技能，通过工地小工、项目点负责人等形式实现创收，形成工资性收入；另外一部分农牧民借助旅游景点的开发，积极开办农家乐、特色旅游等，有效提升家庭收入，实现营业性收入。2018 年成绩喜人，全年旅游带动农牧民经济发展，其中工资性收入达 140 余万元，营业性收入达 800 余万元。

勤吆喝，树形象

酒香也怕巷子深。

达孜地处拉萨东郊，是高原生态、人文的代名词。达孜已撤县建区，是拉萨打造国际旅游目的地城市的重要板块，也是可以给人们带来好运的地方。

1994 年，随着江苏镇江第一批援藏干部的进驻，一批批，一届届，我们与当地干部群众同吃同住同工作，一起携手维护边疆的稳定，与当地老百姓一起脱贫致富，高原净土和文化旅游产业发展在路上。

第八批援藏人员中有援藏管理服务者、立志援藏医生，还有一批批短期的支教人员。我们祈愿祖国边疆更美好，立志为边疆添砖加瓦，与藏族同胞做最好的朋友。

我们把握时代主旋律，明确"举全区之力，加快培育净土和文化旅游产业"的发展战略，顶层设计、重点项目、市场拓展、资本运作和团队建设五项工作系统化、层级式推进，落地共享经济发展新思路。

我们历时数月，与规划设计团队走遍达孜区的每一个行政村庄、每一个拟建及再建项目工地，"天上西藏，云上达孜"的总体形象跃然而出，一批重大旅游和净土项目全力推进，谋划达孜发展，说好达孜故事，做好达孜产业。

我们基于对高原的敬畏，基于对藏民族的敬意，基于对边疆发展的热情，基于对"云上达孜"的热爱。

我们不遗余力，通过央视媒体、高铁电视和新媒体，宣传推广"天上西藏，云上达孜"这方青藏高原美地的整体形象和精品线路产品，多视角推出"精彩达孜""美意达孜"，招徕区外更多的人流、物流、资金流和创业流来到达孜。

高铁电视宣传

高铁电视宣传为首选。

通过对达孜、拉萨及西藏的深入了解，我们梳理出了充满感性的宣传文案，应用于高铁电视和网络宣传，集中展示特色风情，让世界了解达孜，了解西藏。宣传文案如下：

达孜印象

这里是地球的第三极——天上西藏。

这里是世界旅游的胜地——圣城拉萨。

距离拉萨主城区不远、距离高原生态很近，有这样一次醉美的遇见——云上达孜。

达孜距离拉萨主城区20公里，平均海拔4110米，面积1373平方公里，比香港的地域面积还要大269平方公里，是拉萨东郊一颗最为璀璨的高原明珠。

绵延亿万年的拉萨河水在这儿抱臂欢腾,

一路西行,

千年流彩,

如一条天上飘动的哈达,

天上西藏,云上达孜……

1. 达孜山水——美得让您缺氧的依恋

人说,达孜是拉萨东郊的天然氧吧,那么,达孜山水是美得让您缺氧的依恋。

> 达孜的雪山宁静致远;
>
> 达孜的天河绵延万年;
>
> 达孜的梯田绿满人间;
>
> 达孜的人文传承千载;
>
> 达孜的百姓淳朴幸福。

玛尼石

　　在千山之巅、万水之源的达孜，有着塞外江南的多彩多姿和秀丽之美，从天堂降临人间，与金色阳光、金色树叶、金色池塘相伴。

　　达孜是黑颈鹤之乡。流经达孜境内的拉萨河，是雅鲁藏布江河谷的上游干流，高原的生态湿地，水草丰饶、植被茂盛。冬天来临，黑颈鹤等鸟类就会从遥远的北方迁徙至此，这儿就成了黑颈鹤、黄鸭、斑头雁越冬的天堂。它们是格萨尔王的精灵，在天空自由翱翔。

　　蓝天衬托着山峦，山谷轻拥着森林，树林依偎着池塘，金色池塘又映衬着蓝天、白云、山峦和森林。那一刻，所有物质瞬间幻化，幻化为人间最深的红尘。

达孜虔诚的牧民

金色池塘位于达孜主城区以东3公里处的拉萨河谷，醉美的时刻在秋季。树叶绿了又黄了，生命轮回的美丽，承载阳光，蓝天白云是底色，金色树影倒映在水面，分不清哪里是天空、哪里是池塘，道不明哪里是天堂、哪里是人间。青藏高原特有的水转经筒表达着最淳朴的祈愿。

青藏高原有各种各样的"沟"，达孜也不例外。

白纳沟、桑珠林沟、主西沟、扎叶巴沟、罗普沟，守望神山，与天河为伴，仰望布达拉宫的金顶，守望遥远的银河星系，仿佛就在眼前，却已是几世轮回。

白纳沟是藏族同胞心中的阿凡提——阿古顿巴的出生地，据说心若虔诚，在沟内的"牦牛湖"便能看到阿古顿巴的影子。白纳沟、主西沟也是国际徒步旅行爱好者的天堂。

达孜的沐浴节，藏语叫"嘎玛堆巴"，每年都吸引着藏区的善男信女来到达孜的"沟"，步入潺潺的溪谷山泉。沐浴在阳光下，洗去凡尘，净化心灵，庇佑身体健康和家人平安。

林卡，汉语译为园林。藏族人民喜欢夏天到河边树林里游乐避暑，称为"过林卡"，类似于内地的农家乐，过林卡是藏族同胞长期以来流传的民族习俗，如今已成为藏族同胞和远方的客人感受藏家民俗、品味藏家美食、进行高原乡村郊游的必选项目。

2. 达孜人文——红尘里最不舍的遇见

扎叶巴寺是宁玛派寺院，西藏四大隐修地之一，建于海拔4990米的拉日宁布山上，距今有1375年的历史，是吐蕃赞普松赞干布为其爱妃芒萨赤尊公主所建的修行神庙，莲花生大师在这里营造了"108大成就者"修行洞。

"扎"在藏语里是"石头"的意思，"叶巴"在藏语里是"散落"的意思，"扎叶巴"意为"散落在人间的圣石"。在山势如刀的山峰间，一座座寺庙隐于一个个自然形成的石窟之内，让人不禁好奇它的形成之艰辛和神奇。

寺院的僧侣介绍，扎叶巴寺鼎盛时期拥有108个修行洞、108座白塔、108个玛尼圣石。

海拔3800米的汪固尔山犹如一头卧伏的巨象，驮载着规模庞大的甘丹寺。

甘丹寺由西藏喇嘛教格鲁派（黄教）创始人宗喀巴大师兴建，是西藏格鲁派的祖庭，也是拉萨"三大圣寺"之一，距今有608年的历史。寺庙由50多座建筑组成，包括措钦大殿、宗喀巴寝殿、羊八犍经院、宗喀巴灵塔祀殿、绛孜扎仓、夏孜扎仓及23个康村和20个米村。

鼎盛时期，甘丹寺可容纳5000名僧人住寺修行。

甘丹寺依山而建的建筑，是青藏高原建筑美学的体现。金顶、红墙、蓝天、白云……天、山、寺、人浑然天成，这里是一个与世无争的宁静世界。

3. 达孜产业——诠释高原净土的内涵

达孜有藏香和唐卡制作的传承人，有藏民族古老的青铜手工技艺的传承人，有高原青稞酒、青稞醋的标准化生产，有高原瓜果、饲草的规模化种植，有牦牛、奶牛和藏香鸡的产业化养殖。"达孜工匠"是达孜地方产业的标签，净土和文化旅游是这里的主导产业，达孜自治区级工业园区、达

藏家阿妈

孳农业产业园区发展在路上。

布制面具工艺，传承百年技艺，泥塑、贴布、上色……50多道工序，佛像、仙女、传说人物、神兽栩栩如生、跃然而出。《文成公主》大型实景演出使用的就是达孳制作的布制面具。这项技艺已入选西藏非物质文化遗产名录。

白纳乡的锻铜工艺在达孳工业园区实现了规模化生产。这门技艺从白纳沟里走出，传承了200多年。画图、拓印、敲打、雕花……没有现代设备、不用机械工具，一锤一锤，敲敲打打，一心向佛，历经50多道工序方能做出成型的作品。

手工藏香，那一缕高原的香。

达孳自治区级工业园区的藏香企业，都有着古老的藏传秘方。藏香制作工艺看似简单，实则繁杂。藏红花、冰片、红檀香、沉香等20多种天然名贵藏药材，历经30多道工序，依藏药配方，用石窝碾压，经低温发酵，由牛角成型，于阴凉之处晾干……方能成就一支手工藏香，天成其缘。配方不同，功效也不同，手工藏香是到拉萨观光朝觐客购物的首选。达孳的手工藏香制作已入选国家级非物质文化遗产名录。

唐卡技艺是西藏极具民族特色的艺术表达形式之一。

金、银、珍珠、玛瑙、珊瑚、松石、孔雀石、朱砂等珍贵的矿物宝石和藏红花、大黄、蓝靛等植物，都是唐卡绘画所必需的颜料。它们是高原的信仰，它们是高原多彩的色泽，历经岁月，依旧璀璨，百世流芳。唐卡的绘制工艺极其繁复，对画师的要求也极其严格，必须按照藏传古老经书仪轨和上师的要求，严丝合缝，依工艺流程逐步实施，包括：绘前仪式、制作画布、勾绘底稿、研磨颜料、分层着色、勾线定型、铺金描银、开眼缝裱。绘制一幅纯手工技艺的至美唐卡，少则半年、长则数年方可完成，这也是"达孳工匠"虔诚向佛的体现吧。

4. 达孳"藏家"——送给您高原醉美的祈愿

奉上哈达，呈上"切玛"。一碗酥油茶、一杯青稞酒、一块牦牛肉、一小撮青稞或糌粑……是藏民族最高的礼仪，也是藏汉一家亲的味道。

藏家院落里，"波啦"（老爷爷）、"嫫啦"（老奶奶）、"阿佳啦"（姐姐）、"普沐啦"(姑娘)、"玖啦"(哥哥)、"珺布啦"(弟弟）心里乐开了花，向远方的客人呈上青稞酒，客人要用左手端起酒杯，以右手无名指蘸酒，向天空弹三次，寓意敬天、敬地、敬远方的朋友。藏家的藏面和藏饺也是特别鲜美，这些都是云上达孜醉人的祈愿。

5. 达孜藏戏——仿佛穿越千年的轮回

千年前，松赞干布在达孜扎叶巴寺秘修三年，成就了200多年的吐蕃王朝大业。公元7世纪，松赞干布颁发《十善法典》时，举行了盛大的戴面具演出庆祝，这也算是藏戏的雏形。

达孜的藏戏属于以拉萨为中心的前藏地区藏戏，是藏戏艺术的母体，它通过前藏宗寺深造的僧侣和朝圣群众传播至青海、甘肃、四川和云南4省的藏区，甚至远播至印度、不丹、锡金等国家。

今天，达孜唐嘎乡罗普村的草地上，伴着篝火，以蓝天为穹顶，以大地为舞台，达孜民间剧团的藏戏演员们演绎着传统的藏戏。藏戏由祭神歌舞、正戏传奇和祝福迎祥三个部分组成，表演时演员无须化妆，戴着面具既已穿越千年，赞美格萨尔王的威武，表达文成公主的思乡之情，展示达孜桑阿寺、罗寺、帕木寺、雪寺的"羌姆"艺术魅力……藏戏演毕，同胞们不分男女老幼，大手拉着小手，引吭高歌，围着篝火，跳起"锅庄"、舞出精彩。于冥冥中，不枉云上达孜行，不辞长作达孜人。

千百年前的达孜，文成公主和亲西藏、张荫棠大人辅政拉萨，给达孜这方神奇的土地带来了"芜菁"和"苦水玫瑰"的种子，洒播下漫山遍野的"张大人花"（波斯菊)，让这方神奇的土地于千年间魅力独具。

今天的达孜，全力推进法治政府、法治达孜建设，达孜是西藏自治区最安全的全域旅游目的地。这里教育事业蒸蒸日上，达孜中心小学在西藏率先实现全区域统一集中教学；安居养老事业率先发力，易地扶贫搬迁安置点分批建成；净土健康和全域旅游走在路上，并不断探索项目、资本、人才和市场发展新模式、新业态、新空间。

达孜——青藏高原上一颗璀璨的明珠正在拉萨市的东方冉冉升起，透过东方地平线那一缕耀眼的光，藏汉一家亲，携手奔小康!

达孜，向世界打开一扇窗! 欢迎您的观光、投资和兴业!

达孜藏戏

　　达孜的景致、人文和产业是美丽而有潜力的，可是认识的过程、梳理的过程和采风的过程却是艰苦的。

　　达孜地域面积虽然不算大，由东向西，沿着50公里长的拉萨河谷分布，而新、老318国道和S109则分别贯穿拉萨河两侧，高原的8个长沟沿拉萨河呈"非"字形排列。每个沟都有特色和故事，而达孜五乡一镇的20个村和达孜工业园区就分布在拉萨河谷和各条沟沟内。

　　完成现场考察调研和拍摄任务，需要历时10多天，经历3000多公里的车程和200多公里的步行，也算做了一回高原的旅者。

　　拍摄扎叶巴的日出是最辛苦的，因为拍摄时间在11月上旬，此时达孜的高海拔山区已提前进入冬季。

　　早上5点多起床，简单地洗漱和早餐后，6点准时出发，向着海拔4990米的扎叶巴寺。

到扎叶巴的盘山公路有15公里长，我陪同央视的导演、摄制和演员乘车进入了盘山公路。车窗外伸手不见五指，刚才在河谷行驶依稀看到的天上的银河和稀疏的星星，突然不知都去了哪儿，周边只有特别的黑。那时，我才真正体会到黎明前的黑暗。

大家都不自觉地屏住了呼吸，眼睛看向了前方车灯的方向，司机黑黑的背影，车前端因颠簸不时跳动的矿泉水箱子，还有车灯映衬下依着道路近悬崖一侧栽种的不算粗大的树茎……

车子抵达海拔4500米的扎叶巴停车场，已是清晨6：30。这30分钟的行程仿佛经过了漫长的时间，每个同行者的手心都沁出了细密的汗珠。

当大家走下车子，忽然觉得天空亮了许多，周边的景物依稀可见。矗立在海拔4850米悬崖峭壁上的淡黄色的灯光，给了人们丝丝的暖意和神秘。

寺庙的西侧是一条长长的伸到扎叶巴沟牧区的山路。寺庙的南侧就是扎叶巴沟的进口，也是拉萨河谷的方向。

"这就是神山呀！"那一刻，大家发出共同的惊叹。

仿佛时光在那一刻定格，周边特别宁静，没有风声，没有嘈杂声，有的只是每个人由于高反不匀称的喘气声。

摄影师很快架好了摄像机。摄像头朝着东方神山，那是太阳升起的方向。导演、演员还有我，也各自找位子或坐或站，大家都停止了交流，仿佛会打扰太阳公公的醒来。

时间一分一秒地逝去。

7点过了，东方只是泛了点鱼肚皮，天空亮了很多，启明星还是那么明亮，可依旧不见太阳的影子。

摄制组的全体成员对于高原山区的冷，忍耐似乎已到了极限。

风虽然不大，可吹在脸上却像刀割，冷气似乎有足够的耐心，一点一点地穿透我们身上一层层的衣服，终于抵达全身的肌肤，赶都赶不走。

我们的每一寸肌肤就这样被肆无忌惮地肆虐着，浑身透心凉。原地稍微跺一跺脚、轻轻地跳一跳，本想让身体暖和一下，可已是气喘吁吁，高反的头疼和胸闷又忽然加重，赶紧深呼吸，可那冰凉的空气吸入肺里，又是身体自内向外的凉意……

哎！怎一个"冷"字可以概括。

最后悔的是没有再穿多些、没有把被子抱过来御寒。

等待是漫长的，但是那一刻是让每个人都震撼的。

东边的山顶上，第一缕阳光终于露出了羞涩的脸庞，直直地照射在了西边的山尖尖上。

温柔阳光映衬下的绵延山脉，脉络是那么清晰。沿着淡蓝的光，在地平线处起伏蔓延，启明星也羞涩地躲了起来。

须臾间，一道、两道、三道……

更多的光透过了地平线，肆意地照射着大山，太阳也一点点露出了笑脸。

守望西侧的山峰，在阳光的照射下，先是山顶一点点金黄色的光影。这个光影逐渐变大，就像一个金光闪闪的光环，戴在了山顶上，又像是给大山一点一点换上了金色的外套，与阳光没有照到的山体暗影形成了鲜明的对比，每一个守候的人都欢呼雀跃，已经忘记了高原反应。

西边的山顶穿上了金色的外套。阳光呈现 45 度角，倾撒在坐落着扎叶巴石窟寺的神山顶上，阳光一点点褪去神山的暗影，那山、那寺、那金顶，还有那早起的狗儿，在阳光下都变得金光闪闪。

让人不禁怀疑，我们究竟是身处凡界还是仙境。在达孜扎叶巴的山顶上观日出，有的只是美丽和震撼。

在扎叶巴寺观日出是震撼心灵的！

达孜微电影

上海观野机构。初次见面，甚是喜欢。一批无拘无束的年轻人，展开头脑风暴，工作和创意的亮点多多。和这样的团队合作，自然得考虑新媒体、新视角和新推介了。达孜微电影成为合作的主基调，于是有了《拉日宁布》的构想。

微电影《拉日宁布》是一个关于达孜的故事，一个追寻的故事，也是一个藏汉一家亲的故事。《拉日宁布》的主题有两方面的含义：一是江苏援藏人员对达孜区 25 年的援藏情结，二是对"云上达孜"旅游品牌的宣传。《拉日宁布》体现了两代人之间的浓厚亲情，以及对国家的热爱、对国家援藏事业的大力支持，这样的亲情和爱国情穿插在达孜区优美壮阔的风光及风土人情中，更加凸显出醇厚的情怀。以"拉日宁布"为标题，既有浓厚的地域特色，增添神秘和神圣的感觉，也述说了江苏援藏人员的艰辛、无私和对西藏浓厚的感情，藏汉一家亲。

《拉日宁布》微电影内容如下：

2004 年的一个冬日午后，某小学操场上。9 岁的陈达孜正向同学展示唐卡。

陈达孜骄傲地告诉同学，这是父亲从西藏寄回来的。有同学好奇地问他，怎么从来没有见过他的父亲。

陈达孜回答："我爸爸在西藏！他说那里很美，还要带我去！"

有同学嘲笑他："你爸爸去那么远，不要你了。"

陈达孜委屈又不服："才不是。我的名字就是他写信要妈妈改的。"

陈达孜委屈地朝家跑。回到家时，妈妈正在看信。

妈妈拿出信里的一张素描铅笔画，告诉他这是爸爸寄给他的，爸爸明年就要回来了，到时候他们可以一起给这幅画上色。

画上是远山、河谷、一只翱翔的黑颈鹤。从这一天开始，陈达孜到哪里都带着这幅画，没事的时候就拿出来看。

有时候，母亲看到了，会叹息：这是你父亲最喜爱的地方；这个地方太好了，你爸爸在那里待了整整十年啊！你的名字，寄托着他对达孜的感情，也是希望你有一天能够沿着他的足迹，懂得奉献与爱。

陈达孜经常会做同样的梦。

梦里，模模糊糊有一个男人，放下旅行包，抱着他转圈。这个梦，从他 9 岁时持续到大学。

这一天，陈达孜在图书馆大厅里撞到了一位来自西藏的同学扎西，陈达孜手里的书掉了一地。书页里的铅笔画掉在地上。

扎西帮忙捡书，两人的手同时碰到了那张铅笔画。扎西顿时眼前一亮：这是黑颈鹤。

扎西告诉他，在自己的故乡达孜，黑颈鹤每年都会飞来越冬。画上悠然飞翔的鸟儿成为两个年轻人的桥梁。尽管刚认识，但是对于黑颈鹤共同的感情使二人迅速成为好朋友。

临近寒假，扎西要回西藏了。二人在学校楼顶看星星。扎西告诉陈达孜，西藏的星星更亮、更多。

扎西邀请陈达孜去他的家乡，也就是父亲奋斗了十年的地方。陈达孜望着遥远的星空，点头答应。

他带着铅笔画和父亲的照片前往拉萨。

在扎西家，扎西的父母煮了香浓的酥油茶。言谈中，他们谈起了陈达孜的父亲。扎西的父亲对陈达孜的父亲有着深刻的印象。

初到西藏的陈达孜，出现了严重的高原反应，头晕乏力。扎西一边扶着他在路边坐下，一又抱怨自己没有想到带药物。这时，一位路过的藏族汉子拿出一瓶葡萄糖给陈达孜服下，缓过来的陈达孜睁开眼睛，映入眼帘的是扎西和藏族汉子关切的脸庞。藏族汉子看陈达孜有所好转，才欣慰地转身离开。

蓝天，白云，通往天际的道路，汉子赶着牦牛、高声唱着藏族歌谣的身影，让陈达孜油然生出一种感动。在达孜，扎西带着陈达孜去扎叶巴寺。在去的路上，有藏族同胞伸手搭车。搭车中，藏族同胞看到陈达孜，对这个汉族小伙子表示友好和欢迎。拉日宁布山的悠远和神奇，让陈达孜心生感触。

扎西告诉他，在藏语里，拉日宁布是"纯净的神山"的意思。两人在山脚下的甜茶馆喝茶。

陈达孜拿出父亲的照片，问甜茶老板有没有曾经见过这样一个人。甜茶馆老板一下子便认出来了，比画着父亲的形貌，然后指着自己的茶馆，又指着远处的神山，用生硬的汉语表达，"山、水、桥，我们的朋友。"

两人走出甜茶馆，来到拦水坝。远处的叶巴寺肃穆静立，和煦阳光中的藏家村落静谧安详，几只狗儿在悠闲地散步。

磕长头的人们由远及近，陈达孜悠然升起一种感动。两人来到项目地。扎西和工地上的人打着招呼，并且告诉陈达孜，这些项目是做什么用的。

两人又去了甘丹寺、金色池塘等地。

对陈达孜来说，每一天都像是一场神秘之旅，充满惊喜与震撼。他忽然发现，自己能够理解父亲当年的想法，理解父亲为什么会在这里一待就是 10 年。

在唐嘎乡湿地，陈达孜发现了父亲的绘画地点，一块孤零零的石头、一头黑牦牛……坐在石头上，他拿出色笔，给铅笔画上色。在上色时，他似乎感受到了父亲的温度，父亲站在他的身后，和他一起上色。夕阳下，父子二人的身影，虚虚实实。笔下的黑颈鹤仿佛从画中飞出，翱翔天际。

他想，这是父亲的精灵，是青藏高原的祝福，也是对援藏的讴歌。在黑颈鹤翱翔的方向，陈达孜身后的父亲也朝前走，宽厚的背影，如神山一般矗立，守望着"云上达孜"。

他望着远处父亲若隐若现的背影，看着自己的藏族朋友，紧紧握住他的手。

回家后，陈达孜拿出上过色的铅笔画，在黑颈鹤的身后，画下了自己一家三口。

携程网络宣传

专业的人做专业的事，就一定可以事半功倍。

基于这样的考虑，我们邀请全球文化旅游电子商务的"大佬"携程网出马。也算是援藏期间，内地已有资源的援助吧。

携程网派出了资深网络红人、旅游达人"小 A 家的饭团""小布行路上"和周三浩。他们在达孜全域深度游，推出了 7 篇游记攻略，首次通过游记攻略的形式，在网络上推出达孜精品形象和精品线路。

每一篇游记攻略，都够劲道、够淳朴、够味道！网络点击量达 27 万余人次，在百度输入"云上达孜"，显示 1.7 万条相关链接，达孜全域旅游网络精准化营销实现了零的突破。

经携程网和作者的同意，特摘录一篇，体验达孜的魅力值和首游分，如下：

我在西藏达孜，看遍一路走来的方向

作者：小A家的饭团

出发时间：2017年9月

行程天数：7天

西藏！终于踏上国内最想填补的这块版图。无论是攀登高海拔的珠峰还是穿梭在蜿蜒的环山公路，又或是在八廓街感受虔诚的朝拜，这种遥不可及的神秘，让人对这里有一种发自内心的向往。西藏的美只能用"美得让人缺氧"来形容，或许是因为空气稀薄，我们在这里能感觉到心脏的搏动和生命的可贵，还有一种信仰在维持着我们的向往。

恬静又壮阔的山水与藏族同胞的虔诚赋予了西藏神秘的色彩。外界的人都向往这里，人们都为自己能够涉足这一块土地而感到骄傲。现在，西藏已成为国内的旅游胜地，对于许多旅行者而言，去西藏旅游是对自己的一种考验和叩问，这是任何地方都无法替代的。去过西藏，就像是拿到了一枚旅行的勋章，一颗面对自己真心的勋章。来西藏游玩的人大致有追逐美景、追寻信仰、净化心灵三种目的。其实西藏并不能让人有超脱凡界的感悟，它只能让人明白，在这样的环境下，还有生命在恬淡地活着，只为一份执着、一份信仰。

千里迢迢来到这里，如果只是走马观花地去看一些景点，你根本看不清神秘面纱背后真正的西藏。听说拉萨市东郊的达孜是净土、净空、净水、净音和净心美地，只有融入达孜当地人的生活，尝试用当地人的方式去生活，走走那里的大街小巷，与当地人真诚地交流，你才能彻彻底底地感受到那首歌曲《回到拉萨》的寓意——让我们找寻原本在远方的心灵深处。在西藏，每一个角落，都是如此的令我神往。我为了静谧的山水醉氧，我只是静静地走走，却看遍了一路走来的方向。我在这里"走心醉氧"，即将叩开这原本神秘的西藏版图。

1. 八廓街——轮回转世的信仰

每到一个地方，我都会逛一逛当地的街市，因为只有街市透着生活本来的样子。来到拉萨，当然要去一趟八廓街，作为拉萨著名的转经道，藏人称为"圣路"，街道两旁保存着古城原有的面貌。

　　不管是朝拜或游览，形形色色的人们在这里表达着自己对于信仰或者仪式的态度，有手拿转经筒的僧人，但最引人瞩目的还是磕长头的人们。这里虽说小路交接，但主街道还是预留了宽阔的路面，毕竟一路磕长头的藏族同胞并不在少数。他们背着简陋的行装，有的戴着手套，有的套着两块滑石，因为长时间与地面接触，浑身满是灰尘，额头因千万次地触及大地而破开隆起，衣服的手肘、膝盖处和专用朝拜的皮围裙不同程度地破损，但眼神中的坚毅却始终如一，因为那是来时的路。我只能用心去与他们共鸣，感受那份纯粹、虔诚和平静。我无以言表当时的感觉，只能默默地钦佩这些精神凌驾于肉体之上的人们，把心交付于信仰，只为修行。

　　隐藏在藏族文化中的深邃和神秘，是对这个世界阴阳两面的最好诠释。每一位朝圣者的装饰和仪态，都展现着万千百态的灵魂。这是一座为了朝圣而存在的围城，有人抛弃所有，只为找寻内心的一寸光明。当然，其中不乏弄虚作假的，但每每见到如此场景，人们依然会慷慨地给予帮助，或许小小的帮助可以改变一些现状，让每一个朝圣者，都能在此处找到安放心灵的地方。

　　一路走来，最令人动容的画面莫过于一个父亲带着女儿一起磕长头，小姑娘看上去不过四五岁，原本清秀的脸庞早已经是个大花脸，满脸汗渍渍的她，在一次长跪后，脸上又划开了一道污痕。不知道他们从哪里来，要到哪里去，磕了一路长头，就算是大人都不一定吃得消，更何况是这么一个小姑娘，她的内心已经强大到超出我的想象。好在这一次次的历练，都有父亲的陪伴，还有信仰的陪伴。路人纷纷往她的小书包里放一些钱，希望这些钱可以支撑他们继续朝圣或是改善他们的生活。趁她磕头的时候，我也小心翼翼地放入了我的敬意。

　　还有一位小姑娘，累的忍不住大哭，路人们纷纷前去安慰并送上自己的爱心，隔着取景器的我忍不住湿了眼眶。纵使我是无神论者，纵使很多事情在我看来并没有那么有意义甚至很残酷，但这些事之于他们不一样，也许只有这一次次的坚持，才能通过上苍对他们的考验，才能最终获得世间所有的美好与幸福。

　　八廓街上最繁华的一处莫过于大昭寺，已有1300多年的历史，里面供

守 望

奉着释迦牟尼佛像，在藏传佛教界拥有至高无上的地位。

寺庙前人潮不断，香火不断，人们在青石板上虔诚地叩拜，口中呢喃着心中所想，俯地留下自己的依托，酥油灯的香火长明，让圣灵常驻在此。

其实，八廓街没有想象中那么大，一般15分钟就可以转完一圈，人们通常都会转3圈才离开。许多老人每天的生活就是转经，他们早出晚归，带着转经筒逛街，虽在街面上与世俗交涉，而手中、口中却一直与神灵在做心灵的交流。

对于他们来说，每天拿在手上的转经筒才是最真实的，这是与神交流的方式，是世间至高无上的淳朴信仰。

古老的建筑，每天都迎来新的游客，不变的却是那些转经的老人。只要日出日落照常运转，那一轮苍白的月亮还在东山之上，那么信仰就会伴随这里的一切，直到永远。

不管是磕长头还是转经，都是藏传佛教密宗的一种修行方式，这种简单而又难以坚持的方式就是在告诉人们，所谓真诚、大爱、善心，只在平凡的一念之间，只要愿意，只要心中有信仰，你所做的一切都会得到回应。世上最容易拥有的是自己，但自我的灵魂也最难拥有的。这种修持方式，就是将自己的一切交付于佛与神灵面前，当你接触地面的时候，也清楚地看清自己。

租一套藏服，跟随着虔诚的人们一起转八廓街，你可以更好地融入当地人的生活状态。八廓街上有很多家藏服租赁店，价格通常按小时算，普通的款式每小时40元起，越华丽的款式租金越贵。藏族服饰的最基本特征是肥腰、长袖、大襟、右衽、长裙、长靴、编发、金银珠玉饰品等。作为游客，没有必要苛求装备完整，选一些款式简单的服装会更贴合自己的气质，头饰和道具也可以选一些，当然，这些都是需要额外收费的，所以一整套行头下来价格并不便宜，但看在拍照效果还不错的份上，这钱也不算白花。

如果只在八廓街短暂停留，你或许只能成为一个过客，只有作为一个信仰的追随者，才能体会这座城市经历的沧桑和那一份来自内心的坚持。在拉萨的几天时间里，我来过三次八廓街，每一次都有不同的感受，无论

穿着藏族服饰行走在八廓街

是和信徒们一起转街，又或是和老人们一起坐在街边长椅上放空思绪，这里带给我的一切始终触及心灵深处。

2. 打卡"50元人民币"

在常见的50元人民币背面，还有那首歌曲《回到拉萨》中，布达拉宫分别以画和歌词的形式出现，以至于当神圣而雄伟的建筑耸立在面前时，会有一种久别重逢的亲切感。

布达拉宫是世界上海拔最高、最庞大、最完整的古代宫堡建筑群，内设宫殿、城堡和寺院。布达拉宫的建筑艺术，融合了寺庙与宫殿建筑元素，神圣而庄严的外观，让人惊叹建筑美学的魅力。

布达拉宫傍山而建，由白宫、红宫两大建筑群构成，再与周边建筑搭配形成一体。红宫居于中央，是达赖的灵塔殿和其他各类的佛堂。两旁则是白宫，它是达赖喇嘛生活起居和从事政治活动的主要场所。这些建筑是不同时期建造的，依托地势，层层叠叠加盖，但又融为一体。从总体上看，外观非常壮观，代表着民族建筑艺术在美学上的成就。

布达拉宫

不过，因为如今每日的入宫人数有限制，进去参观已成为一种奢望，除非提前几天一大早去排队买票或是从"黄牛"手中购买高价票，否则就只能像我一样在外围转圈。

身着汉服的我引来当地人的围观，想必当年文成公主到了西藏，也是如此境况。

虽没能进到宫里参观，但在外围转了几圈，也发现了几处非常好的免费拍摄点。

（1）宗角禄康公园。位于布达拉宫后方，因园内有个湖而成为拍布宫倒影的最佳地点，这里适合早晨拍摄，我们下午抵达时倒映已经不太明显了。

（2）布达拉宫前面的人工湖。这里同样可以拍到布达拉宫的倒影，周围还有一些树木作为前景点缀。

（3）布达拉宫广场。位于布达拉宫正对面，缺点是杂物过多，需要低角度拍摄才能避免。

（4）药王山观景台，位于布达拉宫西侧，这是我最喜欢的一个拍摄点。这里的最佳拍摄时间是日出时分，太阳会从布达拉宫右侧升起。

9月的拉萨，早晨8点才日出，但为了抢到一个机位，一直不肯做早起鸟的我，狠狠心，在日出前半小时赶到了现场，但此时已没有机位，原来大叔们早在五点就来占位了。还好我与大叔的构图需求不同，大叔们拍的是朝霞，我拍的是光芒四射的布达拉宫，所以待他们撤下后，我还是有补拍的机位。作为一个拍景的摄影师，跟天斗，跟人斗，跟己斗，都是必须经历的。不过很可惜的是，这一天的云层实在太厚了，太阳的光芒并没有完全穿透，也没有达到我想要的"光芒万丈"的效果。

忙碌的一天开始，道路上车流逐渐变多，整洁的道路就像镜子一样反射着光芒，布达拉宫的围墙更是随着自然光的变化而变化，每一次都能看到不同的颜色。

拍完想拍的景之后，当然要人像一把了。布达拉宫是松赞干布为迎娶文成公主而建的，是有着一千间宫殿的三座九层楼宇。在这里，我穿着汉服来了一场穿越的演绎。

布达拉宫正对着一条宽广的道路，夜晚，车来车往，流动的车灯形成

夜色下的布达拉宫

了一束飘带，围绕着耀眼的布达拉宫。

各个经典角度取完景，不要忘了到布达拉宫旁边的酸奶坊吃一碗正宗的牦牛酸奶。这家酸奶坊可谓是当地家喻户晓的"网红店"，一开始是当地人时常光顾的一家店，之后渐渐有许多骑行党和背包客来此打卡，墙上贴满了耐人寻味的故事。

这里的酸奶口味繁多，价格在 10~18 元不等，作为女生，最推荐的是玫瑰口味的，完全没有我想象的膻味，奶香浓郁。据小伙伴介绍，早期这里的酸奶以"酸"闻名，不加半碗糖根本无法下肚，如今的酸奶已然没有了当初的酸度，加上三勺糖就足以成就一碗美味。

吃完酸奶，不要忘了在店内打印一张照片贴在墙上，也算是诚意十足的到此一游了。

3. 初见高原湖泊

拉萨周边可玩的地点很多，待身体适应这里的空气之后，你就可以开始去探寻那些醉人的自然风光了。距离拉萨西南约 70 公里处的羊湖，又被称作碧玉湖，它是西藏三大圣湖之一。从拉萨到羊湖的车程约两个小时，在抵达湖边前，大多数车都会在海拔 4990 米的岗巴拉山口停下，从这里可以清晰地看到一条碧蓝色的纽带穿梭在群山之中，就像是镶嵌在群山之中的蓝宝石。羊湖的蓝是静谧的蓝，神秘地发着光，让人无法一眼看穿。

羊湖的水源来自四周念青唐古拉山脉的雪水，没有出水口，雪水的流入与自然的蒸发达到一种奇特的动态平衡，湖水随着光线变幻，演化成千变万化的蓝色，但它们又是浑然一体的，仿佛是一块完整的玉，静置在山脉间，已然不是水所表达出来的蓝色，而是晶体的蓝色。

由于垭口的海拔过高，风力很大，我们没能熬过十分钟就开始头疼，只好匆匆撤离，来到海拔相对平缓的湖边近距离观赏。湖水开始呈现出淡淡的蓝色，蓝天白云清晰倒映其中，阳光洒落在湖面上，闪闪发光。

尽管抵达羊湖的时间正值光线最强的中午，但此时的湖面却是一天当中最蓝的时候，早晨或是傍晚，都无法看到最蓝的羊湖。

汉服自带一种脱俗，与湖景恰好匹配，不枉我全副武装出镜。

在发光的湖边，我撑着油纸伞走过，画面瞬间切换到了江南，仿佛我就是要作法水漫金山的白蛇，只为人间走一遭，却留情丝在湖边。

在湖边总有牦牛守候着你，这只本在湖里嬉戏的小朋友，就因为来生意了，被我召唤上岸了。

初次接触牦牛，我还是挺害怕的。锋利的牛角很容易戳到身体，所以还是要在牦牛主人的引导下，才能确保安全。

离开湖边，可以沿着环湖公路继续行驶，到了高处时，可以俯瞰到不同于垭口的另一番景色，那就是整个村庄和羊湖一起入镜。湖面依旧如翡翠般顺滑光洁，蜿蜒曲折地向远处蔓延开来，没有一丝波澜，仿佛静置在山峰之间，远处连绵的雪峰凌驾于圣湖之上。在此，或凌空眺望，或浅栖湖面，如幻如影，身陷其中，不恋凡尘。

交通：包车或是参加拉萨当地旅行社组织的一日游前往羊湖。

门票：40元/人

游玩时长：一天

4. 纳木错——圣湖雪山，蓝与白的过渡

与羊湖同为西藏三大圣湖的纳木错同样在拉萨周边，不过距离要更远一些。想要一天往返纳木错，就要做好早起的准备。纳木错是信徒眼里的第一神湖，是著名的佛教圣地。每到重大活动，信徒们都会聚集此地，进

行仪式祭拜，对于信徒来说，一切都可以转，只要被赋予了神圣，就可以依托自己的信仰。当活动结束，纳木错湖畔遍布辟邪保佑的玛尼堆。教徒们经过这里，总会投下一颗石子，留下自己的寄语。

来纳木错前，小伙伴心有余悸地说："这辈子唯一一次高反就是在纳木错。"比起羊湖，纳木错的海拔更高，最高处的垭口达到5190米，高海拔的环境，让这里依旧保持着原生态，无一丝染尘。

沿着石路，直至接近圣湖，湖水依旧如初，人已迷醉，冰雪入湖，心之所属。

每个到过纳木错的人，灵魂仿佛都被纯净的湖水洗涤过，又被远处的雪山所凝聚，再随天空的云朵飘逸，仿佛置身于一个白与蓝的世界，层叠渐变的蓝色在这里反复变化，白与蓝都是清澈的，纳木错细腻地演绎着蓝白之间的幻变。

与羊湖的碧蓝色不同，纳木错的蓝更深邃，这种蓝色营造出一种空灵的境界，通过祈祷朝拜，安抚了心隙中的一份焦躁不安。

纳木错

头顶着无际的蓝天，云层将天空与湖水的蓝色区分开来。远处白皑皑的雪峰犹如海市蜃楼，在云层中忽隐忽现，湖面在清风中泛起涟漪，站在湖边，等候着心被洗涤，被这样的美景捕获。

辽阔的湖面倒映出朝圣者心中的圣地，风起云动的景象，倒置在湖面，仿佛是世间存在的另一个平行世界。

走在湖边，每一个动作都会同步倒影在湖面，美轮美奂。除此之外，这里还有偌大的牦牛等着你去合影留念，你可以骑上牦牛，在这里与天地玩耍。

跟羊湖不同的是，纳木错最美的时间并不是正午，而是早晨、傍晚和深夜，这里的日出、日落和星空在整个西藏乃至全中国都久负盛名，不过考虑到这里的住宿环境差且夜里气温骤降容易高反，我们没有在此留宿。

行驶在回拉萨的公路上，天空辽阔无边，远处正呈现出另一种气候景象，突如其来的乌云以龙卷风的势态侵蚀着整个天地。

一片明，一片暗，天地就是如此的瞬息万变，阳光并没有退缩，依旧照亮了一片草原。

逐步逼近乌云，进入了冰雹区域，闪电就在眼前变幻，如丝如烟，缥缈无定。

冲过乌云区，又是一片晴空万里，天空显露出爱心的轮廓，让我们感觉到这片土地依旧在向我们表达着友好。

交通：纳木错往返拉萨需要 8 小时，建议包车或是参加旅行团的一日游/两日游

门票：旺季（5 月 1 日-10 月 31 日）120 元/人

淡季（11 月 1 日-4 月 30 日）100 元/人

游玩时长：1~2 天

建议：纳木错海拔较高且天气变化无常，是高反的高发区，一定要等身体适应高原气候以后再前往，切记不要忘了带上厚外套以备不时之需。

5.达孜金色池塘，等阳光倾斜的那一刻

西藏的旅游热门城市以拉萨为主，而素有"拉萨东大门"之称的达孜自然也是行程清单里不可或缺的一项。达孜距离拉萨半小时车程，这里有

诸多尚未被完全开发的原生态景点值得一探。

　　天然的景象，总是能带给我们惊喜。达孜金色池塘，辽阔的山脉上面飘着厚重的白云。这是一片尚在开发的湿地，面积并不大，依托着一片池塘，讲述着那些专属于达孜、专属于拉萨河谷的美景。湖中的倒影楚楚动人，将整个世界翻转，待夕阳西下，倾泻的金色阳光铺满了整个湖面，湖水幻变成金色，这真是名副其实的金色池塘。

　　正是夏秋交替的季节，我们既体验了夏天的郁郁葱葱，又感知着秋天的降临。金黄的秋色刚刚露出一点，停留在夏天的末端。走进一片树林，慢慢褪去的绿色，被些许金黄所代替。当阳光洒落，微风降临，飘落的金色让人感觉到悄然无息的季节交替。

　　秋天不同的时段，其落叶的颜色也不同，金黄色只代表着秋天的一种颜色。凋落的树叶，就像这片树林的羽毛，虽然凋落，但依旧留在了这片土壤里，依然守护着那一片金色池塘。它们会逐渐变成橙红色，最后变成了土壤的颜色。

金色池塘

当褪去一切，身处金色池塘的景色中，耳边的喧闹声已远在天边，此时你要做的就是静静地聆听这里发出的最自然的声音。

池塘的颜色会随着天空变化，随着倒影变化，随着我的入画，又呈现出另一幅生动的画卷。蔚蓝的天空，树林簇拥的绿色，在这样多彩的画面里，颜色的层次分明让人不得不虔心感谢这个缤纷色彩的世界。

当绿草还未变色，池塘边迎来了牛群，恬闲地迈着脚步，仿佛会从草丛中发现什么似的。

金色池塘会随着季节变化颜色，甚至早晨和傍晚的颜色也会有所不同，就像人的心情一样，即刻变化。

夕阳的光芒虽说耀眼，但清晰可见，原本深棕色的浅滩，焕发出金子般的颜色。抬头望去，一切都变成了金色，暖色调的画面，让心也跟着暖起来。

阳光慢慢隐进云层，勾勒出云的模样，在湖面留下一层金箔般的颜色，随着粼粼微波泛起一层磨砂感。

藏家牧牛

黑帐篷营地

白纳沟

天高云淡，风和日丽，连绵起伏的雪山，在阳光直射下，慢慢地开始融化，一股股清澈的溪流沿着崎岖的山脉流入山涧坡地。湍急的水流，即使在静止的画面中，依旧是生机勃勃，就像一副动态的山水画，每一滴激起的水花，都是清晰可见，落地有声，这里就是达孜的白纳沟。因为盛夏已经过去，所剩下的植被并没有很茂盛，石子零零散散地铺在杂乱的植被上。褪去植被的山丘，衬托着流水的生机，随着云层的飘逸，洒下的阳光将山丘分为不同的色层，一切就像是笔触的深浅勾勒出来的。

我们在西藏的那几天正值当地的沐浴节，这是一场"共浴"活动。大家在河溪中嬉闹，用圣洁的水洗去身上的污浊、灾难、烦恼。洗完澡后，坐在河边拿出早已准备好的青稞酒，对着天地，神侃闲谈。因为不方便拍摄，此处的画面请自行脑补。

我静静地盘坐在溪流边，看他们谈天说笑，勾勒出心中的山水画。画面是涌动的，心也跟着画面，跟着激流在荡漾。

离开白纳沟，我们继续向着山坳深处行驶，一路颠簸到我开始怀疑人生，而之后抵达的地方也让我对人生有了另一番思考。

说起黑帐篷，没有去过藏区的人可能会很陌生。这是一种用黑色牦牛毛手工编织成的帐篷，可以防寒、防潮、防晒，数个世纪以来，黑帐篷都是藏族牧民的必需品，既帮助他们安度了无数个风雪之夜，又避免了烈日的炙烤。然而今天，随着生活方式的改变和经济水平的提高，政府给当地牧民建了许多安置房，黑帐篷的数量急剧减少，正从必需品演变为一种文化标识。幸运的是，我们依然在达孜的高山上看到了一个黑帐篷营地，简单的设施提供给牧民们基本的生活需求，既保障了生活，又不破坏原有的生态环境。对于游客而言，这个尚未被开发的营地是一处绝佳的徒步观景时的栖身之所，一眼望不到边际的高原风光会让你无时无刻不感恩自然的伟大。

山间的光束尤为亮眼，光影构成了画面的空间立体感。

或许是太过兴奋，我们一路小跑奔向黑帐篷，抵达时已上气不接下气，赶紧就地坐下大口呼吸，帐篷的主人发现有不速之客来访，先是惊讶，转而惊喜。只见她用藏语嘀咕了几句，似乎在安抚我们，然后从帐篷里拿出一壶刚煮好的酥油茶给我们满上，暖暖一杯下肚，身心舒畅。对于高反的人而言，酥油茶是最好的缓解药品。

黑帐篷旁，有一群牛，每一只牛头上都挂着红绳，对比黝黑的皮毛，特别醒目，据说这是为了方便清点牛数。别看牛群数量众多，每一只都不会被认错，主人们甚至给每头牛起了名字。

就算这里的生活没有外面精彩，但他们每天生活在天地之间，心存信仰，安然幸福。

离开黑帐篷营地，蜿蜒曲折的小路让人豁然开朗，远处尚未完全融化的雪山露出层次分明的棱角，路边的青稞早已收割，留下一整片金黄，与周围的绿树遥相呼应。这里通向远方，也通向心底。

7. 达孜桑珠林沟——山林间隐藏着辽阔星空

都说西藏是观星圣地，如果能去阿里珠峰等海拔高、光污染少的地方，每天观赏满天繁星自然不是奢望，但如果仅在拉萨周边停留，是不是意味着要与浩瀚的星空绝缘了？当然不是！位于达孜的桑珠林沟就是一处拍摄星空的好去处。白天时，我们曾一路驱车来到山顶，发现此处仅有一座名叫"桑龙日追"的尼姑庵，且是近年刚挂牌的，反观另一面，则是辽阔的山丘，观景视野极佳，待夜空降临，必是一片繁星点点。

当得知我们准备驱车上山看星空，达孜威斯凯酒店的老板一脸的不可思议！因为比起白天，夜晚上山的难度系数要大很多，加之山顶信号差，即使有导航也未必行得通，身为"老司机"的我们最后选定了一位熟悉路况的藏族司机。看我们去意已决，酒店老板好心劝告：带点辟邪的物件保平安吧！

从藏族司机口中得知，桑珠林沟并未发生过什么玄乎的事，而且山上还有一座尼姑庵镇守，小伙伴的心终于悬下来。

下车的第一时间，小伙伴就大呼：银河！肉眼可以看到银河！

我虽不是第一次看星空，但每一次面对着漫天繁星，都有一种说不出的敬畏。原本就让人敬畏的夜空，神秘的银河永远在一个方向出现，只需等待，那条发光的星河就会出现在那里。

8. 达孜甘丹寺——凌云高耸，佛曰不可言

顺着山势，甘丹寺凌驾于云端，它位于达孜境内拉萨河南岸海拔3800米的汪固尔山上。之前的地势并没有让我有高反，但可以毫不夸张地说，不喝一点葡萄糖，或许根本无法见到甘丹寺。沿着山间小道，高耸的红黄瓦砖映入眼帘，这是佛教最热爱的颜色。寺庙傍山而立，远眺布满山坳的建筑群，重重叠叠的房屋，在蓝天云绕的背景下，显得尤其壮观。

甘丹寺是拉萨三大寺之一，它是由藏传佛教格鲁派的创始人宗喀巴大师于1409年筹建的，可以说是格鲁教派的祖寺。寺内保存着历代甘丹赤巴的灵塔九十余座，并藏有许多明代以来的文物和工艺品。

在狭窄的高墙小道上一步步地攀行，每一步都那么轻微，却又因为缺氧，显得有点沉重。

高耸的砖墙，在阳光的照耀下，颜色分明，但都介于红黄之间，这是佛教的两大色，佛教的红色应该叫藏红色，有一种沧桑的神秘感。

随处可见僧侣，一身的鲜红飘逸在山间的阶梯上，这点山路对于他们来说，早已驾轻就熟。

晌午时分，众多僧侣聚在诵经堂中，时而一页页地翻着经书，时而会心地交谈。每天的吃喝学习都在厅中进行，与外界的纷扰隔绝，这里只有虔心修行。

从另一面看甘丹寺，带着金塔的平层建筑，攀爬着山脉，依山而建，连成一片的住所，这样的傍山建筑，在国内的风光中并不多见。顺着山势一直可以仰望到山顶，天际的视角，让人有了依托。或许这里就是佛在人间的另一个天堂住所，这里只为信仰而生活。

路就在眼前，只要我们停留，关注自己脚下的每一步，一切都是当初相见的模样。

如果包车的话，从甘丹寺回程路上，你可以顺便去达孜城里的桑阿寺看一看，这座寺庙建于公元1419年，由宗喀巴创建，属于藏传佛教格鲁派。桑阿寺虽然不大，但四周被群山环绕，环境清幽，花十分钟逛一圈，"朝圣"的一天也算圆满了。

交通：

（1）路布停车场（大昭寺附近）有直达甘丹寺的中巴车，人满发车，一般7：00出发。单程票价10元/人，来回20元/人，单程2小时，当天15：00-16：00原车返回。

（2）可在酒店与其他游客包车前往，中途可在桑阿寺停留（推荐）

门票：40元/人，不定期免费

开放时间：9：00-16：00

游玩时长：由于甘丹寺路程较远，且沿途限速，建议单独抽出一天时间游玩

9. 达孜扎叶巴寺——山间隐修，圣洁脱俗

说到建在山坡上的寺庙，不得不提的是达孜扎叶巴寺。扎叶巴寺位于达孜的群山间，是一处历史悠久、险峻壮观的藏传佛教修行胜地。从拉萨出发，沿着河翻过纳金山口，就到了扎叶巴寺，这是吐蕃时期西藏四大隐修地之一。在藏族人眼里，扎叶巴寺是独特的圣地。听当地人解说，民谣

扎叶巴寺

中有唱："西藏的灵地在拉萨，拉萨的灵地在叶巴；到拉萨不到叶巴，等于做件新衣忘做领子。"

因为当地政府禁止在寺庙里悬挂经幡，所以藏族同胞们都把经幡悬挂在山坡上或是公路边。沿途经过一片很壮观的经幡区，随着风轰轰作响的经幡，点缀着蓝天，阳光从中穿过，幻化成五彩的颜色。

有了前一天甘丹寺的"压底"，到了海拔与其相当的扎叶巴寺，

达孜沿途风光

我们并没有感觉到不适。本以为它和甘丹寺一样，是一片密集的建筑群，一到现场才知道，扎叶巴寺的建筑全部都是建在岩壁里的，数量虽然多，但都错开了。从下仰望，壮观的寺庙大殿和圣洁的白塔就孤立地坐落在山脉间，在绿色的山脉中尤为突显，这是一种圣洁的代表，是脱离世俗的标志。

山脉被绿色覆盖，从高处远眺，扎叶巴寺隐在山间，却尤为显目。山上绿树成林，山脚溪水湍流，这里最好的美景就在一眼望去的方向。

在如此陡峭的山崖上建立这么一座寺庙群是何等的艰辛，仙境修行或许指的就是这里。扎叶巴寺现存山洞十数个，有松赞干布修行的法王洞、莲花生大师修行的月亮洞、阿底峡修行的祖师洞等众多崖洞。

看尘世，回头一抿，忆过往，存留心中的只有这里。

交通：

(1) 在路布停车场（大昭寺附近）坐直达扎叶巴寺的中巴车，人满发

车，一般 7：00 出发。单程票价 10 元/人，来回 20 元/人，单程 2 小时，当天 15：00-16：00 原车返回。

(2) 可在酒店与其他游客包车前往（推荐）

门票： 60 元/人

开放时间： 9：00-17：30

游玩时长： 半天

10. 篝火晚会，难说再见

每当傍晚时分，达孜这片本是宁静的土地就开始躁动，大家开始陆陆续续聚集在一处迎接篝火晚会。

在篝火晚会开始之前，呈现给我们的是一场藏戏表演。藏戏是以民间歌舞的形式表现故事内容的综合性表演艺术，历史十分悠久，剧种流派众多，表演形式富有民族特色。现代藏戏有剧本、舞蹈表演、因人定曲的唱腔，不同角色有不同的服装及面具，还有乐队伴奏和伴唱。

生活在江南的我从小就对越剧耳濡目染，而藏戏还是第一次见，只怪自己才疏学浅，看了全程也没能理解剧情和精髓，但和藏族同胞们一起盘坐在草地上感受这样的氛围也非常棒。

藏 戏

藏戏表演结束后，天色已暗，篝火终于被点燃，熊熊烈火瞬间被激发，火焰已经高过人身，我第一次近距离接触这样的大火苗，火焰随风飘舞，仿佛在空中作画。

藏族同胞手拉手，围在火堆旁，高声歌唱，这就是对火的敬畏和对上天馈赠的感激。在篝火旁，我还结识了一个当地的小朋友，她问了我的名字，当我离去的时候，她呼喊着我的名字，喊着"小A，再见"，嗯，再见！这里值得再见。

在篝火前，心中的无畏总是被火焰照亮，这就是被传达的力量。篝火不只表达了人们对自然的敬畏，也表达了面对自然，人们内心的强大。

西藏之行，让我近距离接触西藏的神秘和最朴实的生活，一切都跟想象中的一样，只是将这些画面又真实地烙在了心底。每一个画面，讲述着一份信仰，这里，你值得去珍藏。

11. 关于行程

这次我只在西藏安排了7天的行程，且全部在拉萨周边，一是因为这一带旅游基础设施相对完善且海拔在可承受范围内，对于初次进藏的人来说，算是稳妥的选择。二是因为西藏非常大，可玩的地方很多，必然不会只去一次，第一次选择最热门的城市也是为了最快速地了解当地文化。

具体行程如下：

DAY1：抵达拉萨，休息。

DAY2：布达拉宫各最佳取景点、八廓街、大昭寺。

DAY3：甘丹寺、桑阿寺、桑珠林沟观星。

DAY4：扎叶巴寺、金色池塘、白纳沟。

DAY5：羊湖。

DAY6：纳木错。

DAY7：返程。

12. 小贴士

(1) 如何缓解高反？

来西藏的途径有多种，可以飞机直达，当然自驾、火车去西藏可以让身体有个适应的过程，但这也只是"温水煮青蛙"。对于初次进藏的人来说，或多或少都会有一些高反，可在出发前半个月开始吃红景天胶囊，这样有利于提高血红蛋白氧饱和度，缓解高反，这个药必须要提前吃才管用，临时吃毫无效果。不过，就算真的有了高反也不必太过担心，可以适当地吸氧或是补充一些葡萄糖，通常到第三天就可以缓解了。要特别注意的是，进藏的头两天尽量别洗头洗澡，以免感冒。在高原地区，感冒是大忌，它可以直接击垮你！

（2）千万别在羊湖、纳木错等景区购买旅游产品，它们基本都是从拉萨运去的，但价格比在拉萨要贵很多，而且其中不乏一些假货，比如一位小伙伴就花了一百块在纳木错买了颗假熊牙。

（3）在西藏旅行，身份证必须随身携带，几乎所有的景点和道路收费站都需要查验身份证。

（4）不要在当地谈论政治，这是大忌。

（5）拉萨的治安很好，几乎一步一警察，其中不乏一些便衣，请不要对着他们拍照。

（6）即使是夏天进藏也要注意温差，行李箱里至少要塞一件厚衣服。

（7）西藏海拔高，空气稀薄，紫外线也异常强烈，高倍防晒霜必不可少。

小A家的饭团文字优美，对于达孜乃至高原景致描述得恰到好处，相信会使读者产生尽快到达孜体验的冲动。这不正是高原这方热土热情的需要吗？

我们还促成了镇江市政府与达孜县政府签订"镇江—达孜一家亲，携手致富奔小康"的共建协议，协议约定将援藏结对工作下沉到乡（镇）和园区。镇江市级机关部委办局、国有企业将与达孜区相关单位和部门对应挂钩共建，镇江市所辖7个辖市区将与达孜区6个乡镇、1个工业园区逐一结对。

藏族同胞心中的"安琪儿"

藏语"医生"的发音是"安琪儿"（Angel），有点国际范儿。这是带来帮助、健康和好运的代名词，是对医生的尊称。

杜明昭、刘青、洪丽娟、王宇、范昕一行 5 位同志来自江苏省镇江市，其中 3 名医学博士、2 名医学硕士，组团前往援助达孜医疗卫生事业。

镇江援藏医疗队到达孜工作三个月，期间的工作、生活和学习情况，有苦有甜，有付出有收获，有艰辛也有感动。

2018 年 3 月 6 日，南京禄口国际机场，镇江市卫计委领导为他们送行，给予组织的温暖和关怀。他拉着每一位医务人员的手、给予每人一个暖暖的拥抱，一声亲切的"在高原要保重好身体"的叮咛。

那一刻，镇江援藏医疗队全体人员，满怀信心与志忑，往西藏出发，像出征的战士。

抵达拉萨的当晚，大家都出现了严重的高原反应，头疼欲裂，靠着时断时续地吸氧，方才挨过到拉萨的第一个漫漫长夜。

第二天，镇江援藏医疗队全体成员就马不停蹄地来到了受援单位——达孜区人民医院。

在新的工作岗位，有着达孜区委、区政府的精细安排，有着区医院领导和同事的悉心关照，有着藏族就诊同胞的友善、理解。他们只用了一周的时间调整身体和心情，克服高原反应、水土不服、经常停水停电等诸多困难，全身心地投入到各自的临床援助工作当中。

援助工作忙碌而充实。大家共同努力，圆满完成"镇江—达孜"远程会诊项目建设并开展网上医学交流，参与达孜新医院设计规划与调整，做好达孜扎叶巴景区等高海拔地方的旅游产业交流团队医疗保障。

2018 年 3 月 16 日，接到通知，江苏旅行团将于当天下午两点抵达海拔 4990 米的扎叶巴寺，镇江援藏医疗队全体早早到了目的地待命。由于当天下雪的缘故，道路拥堵，大家在山顶遭遇了严寒及风雪，却没有半句怨言，一直等到下午五点半，旅游大巴才赶到。

3 月份氧气稀薄，游客下车后各个脸色发灰发暗，这是典型的高原反应症状。其实，当时镇江援藏医疗队成员到达孜也才 9 天，也是第一次抵达这么高的海拔进行医疗保障工作。看到内地游客期盼、信任的眼神，他们和当地藏族医生和工作人员一道，撸起袖子抓紧工作，给游客们逐一测量血压、送药、吸氧、提供热水等，为高反严重的游客安排休息座椅……

看到游客们纷纷竖起的大拇指，他们会心地笑了，这样的援藏工作值得。

至 3 月 22 日下午，镇江援藏医疗队已走遍了达孜区近 20 个警务区，给全体警务人员义诊，给高原警察们送医送药，让他们有更好的体魄为全达孜区的百姓服务。

自 4 月份开始，镇江援藏医疗队成员下到基层，在邦堆、塔杰、章多、唐嘎四个乡镇开展了义诊活动，为 600 余名藏族同胞提供了义务诊治和健康服务，对各乡镇卫生院的医护人员进行培训，包括心肺复苏、海姆立克手法等急救技能。

在义诊的途中，有些从山区赶来的病人，由于错过了时间，就会直接在马路边上拦下医疗义诊车。医疗队就临时停车、临时设置诊疗所，直到帮助藏族同胞诊疗后再继续前行。达孜的乡镇公路不就是一条爱心公路吗？医疗队怎能辜负藏族百姓对于"安琪儿"的期盼和信任呢？这是镇江卫生工作者给藏族同胞最好的礼物。

作为内科主任，杜明昭博士到达孜人民医院后，获悉全院医护人员判读心电图的能力欠缺。3 月 21 日，他组织全院人员学习心电图基础理论，并给大家讲解常见的心电图，提高了医生的心电图判读能力，以及对心律失常及心肌梗死的诊断能力。接着，他又组织当地医护人员学习心肌梗死及心力衰竭急救知识，明确心肌梗死的诊断标准及规范化治疗方案，加强了医护人员对心力衰竭的临床诊断及治疗能力，并针对如何抢救急性左心衰竭等危重患者进行了系统培训。

医疗队还组织了科内业务学习，包括高血压危象的急救处理、呼吸心搏骤停的规范化抢救培训等。使科内医生的诊疗水平明显提高，住院人数有所增加，病房周转加快，心衰患者的住院日已从 30 天左右减少至 7 天左右。

另外，他们还在医院新开设了心脏彩超的常规临床应用，为先心病、心肌病、心功能不全的诊断及治疗提供了依据；常规开展心梗三项检查，提高了急性心肌梗死的诊断率；常规开展 BNP，为心功能不全的诊断及疗效的评估提供了重要的临床依据。这一系列措施使得内科总体诊治水平向前大大迈进了一步。

援藏医疗博士团义诊

　　2018年5月10日，在护士节来临之际，护理部主任刘青组织援藏人员及护理部人员前往养老院进行义诊活动，给孤寡老人送去温暖。

　　5月11日，为庆祝护士节，上午开展了知识竞赛，下午举行了文艺会演，悠扬的歌声、曼妙的舞姿，给全院医护人员带来了浓厚的节日气氛，释放了平日里工作的压力。除此之外，还举行心肺复苏考核、护士礼仪规范、除颤仪使用教学及操作考核；创立了达孜护理公众号，定期推送相关专业知识；指导留置针的应用与维护，突发事件的处理及沟通，现场指导及深化急诊科室应急演练方案；开展了首次护理行政查房，并与床边查房结合。

洪丽娟担任副院长，负责妇产科的日常管理工作。4月19日23：00左右，她接到科室打来的电话，得知医院来了一位产妇，35周，臀位，宫口已开2厘米。洪医师立刻赶到科室，对孕妇进行了评估，胎位不正，此时转院已来不及，冒着胎位不正接产及早产儿在本院出生后存活率很低的风险，洪医师和当班医生一起守在孕妇身边，密切观察产程及胎心情况。经过了3个多小时的紧张处理及指导接产，终于顺利迎来了新生命。因早产，新生儿出生后有重度窒息，医院立即启动新生儿抢救程序。待到孩子抢救完成，处理好其他事宜，已是凌晨三点多。休息了三四个小时，她又赶到科室观察新生儿及产妇情况。

她带领科室人员查房后，又全身心地投入了当天的手术中，这是来藏后的第一台妇产科手术，该医院两年来未开展过妇产科的手术，这开创了达孜妇产科手术的先河。手术一个小时后圆满结束，大家都很兴奋和激动。

万事开头难，有了好的开始，后面的工作开展着就会容易很多，达孜人民医院妇产科的住院病人急速增加，手术量也不断增加，至5月底，住院人数已达90余人，她先后完成了剖宫产、输卵管结扎及卵巢囊肿手术共10台，清宫术及取环术共5例。

援藏医疗队除了每日进行科内查房及带教工作外，还带领科内人员学习规范书写住院病历、完善病历书写细节，规范先兆流产、妊娠剧吐、妊高征、羊水过少等的临床诊治流程。

作为副院长兼口腔科负责人，王宇医师每月培训、考核科室医生理论

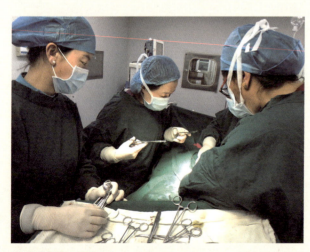

援藏医疗博士团手术中

知识 3 次，完成牙体牙髓治疗病例近 100 例，拔除各类病牙 60 余颗。指导科室医生在离体牙上进行备洞、开髓、烤瓷牙及全瓷牙制备等操作；申请购买根管测量仪、根管机扩马达、牙片机等设备，他联系相关协作单位，开展义齿矫正工作。使得达孜区人民医院口腔科在社会上产生了一定影响力，吸引了附近区县甚至拉萨市的患者前来就诊。

范昕博士作为常务副院长兼外科负责人及医院绩效分配小组副组长，且为援藏队长，他参与了医院绩效改革方案的调研、设计与制定，协助医务处开展科室台账检查，参与腹腔镜购置参数设置、腹腔镜等医院大型设备招标，指导购置腹腔镜器械及耗材，完成了腹腔镜手术准备。申请购置腹腔镜模拟器并指导普外科及妇产科医生进行腹腔镜技能训练，使得相关科室临床医生腹腔镜基本操作能力明显提升。三个月内外科收治患者 40 余名，完成手术胆囊 10 台、阑尾 7 台，其他手术 2 台（含急诊手术），无 1 例并发症。范昕博士向科室医护人员授课 3 次（急腹症的临床诊治、无菌原则、腹腔镜技术基础与现状）。

三个月来，在援藏医疗队的共同努力下，医院在临床、技能、管理等各个方面都有了很大的提升。援藏工作虽然比较艰苦，但大家看到了进步，就有十足的信心，继续开拓新的工作，发展新的项目。"授之以鱼，不如授之以渔"，援藏医疗队把所掌握的技能尽可能地传授给当地的医疗工作者，以提升当地的总体医疗水平。

在人生旅途中，有这一段高原美好时光使他们成为藏族同胞心中的"安琪儿"。致青春，他们无怨无悔！

鲁朗小镇的生死考验

人生初见

2017 年 11 月 16 日，接到江苏援藏指挥部的会议通知，赴林芝鲁朗镇参加 11 月 18 日举办的"论剑南迦巴瓦·新时代旅游产业创新融合发展与脱贫攻坚会议暨鲁朗论坛"。

获知原国家旅游局副局长吴文学，西藏自治区党委组织部副部长、第八批援藏干部总领队郭强，全国 10 多个省市的援藏干部代表，还有一批全国的旅游大咖将莅临会场，我自然得去参加会议。

这也是我援藏以来第一次赴林芝。

11月17日上午10点，我从达孜出发。

一路高速公路，抵达米拉山口也就2个多小时的车程。西藏的冻土季为每年的11月15日至次年的3月15日，这段时间是没有办法进行土建施工的，米拉山隧道尚未建成通车，我们还是走了一小段老318国道才翻越了米拉山口。

在海拔5020米的米拉山口高地下车，走路脚是飘的，风吹在脸上冷得刺骨。看了下"墨迹天气"，当时气温是0℃，全天都是冰点以下，冷得酸爽。

驻足抬头，看见"米拉商店"的店招，在墨蓝色的天空和略显陈旧的木质墙体的映衬下，一下子多了份生机，有了些暖意。

这份高海拔地方的坚守，值得钦佩。

米拉山口

气喘吁吁，才见米拉山口，眺望湛蓝天空和如画远山，感受高原静好和满心欢喜，想起了远方的挚友，感觉超棒。

云驿边路

极目向南眺，
空山鸟绝人疏。
千堆雪，
猎猎经幡迎风，
阳光剪山影。
莫言心中生挂念，
只与祥云言。
米拉神山边路，
白雪皑皑境。
望晴天，
故地走，
鹫迎风，
隐彩虹。
一年一程，
依栏听音。
山茫茫，
心至远，
忆江南景致渺渺。
驻足立，
清茶淡意，
笑看长空几多愁。
一帆光影唤如梦，
梦里执笔。

下一站，海拔 4720 米的色季拉山口。

这是抵达鲁朗镇的必经之路，这也是可以远观南迦巴瓦峰峦的地方。

色季拉山口海拔虽然没有米拉山口高，可这儿满山的绿意尚未褪去，却已迎来满目的莹雪，那西下的太阳，拉长了人、动物和建筑的光影，在这个氛围下屏住呼吸、轻闭双目，仿佛穿越今生来世，这是我人生的初见吧。

有幸参加林芝鲁朗镇新时代旅游产业创新融合发展与脱贫攻坚会议，有幸初识南迦巴瓦峰，有幸喜迎中国最早的新年——11 月 19 日为工布江达藏历新年的大年初一、11 月 18 日就是大年夜了，有幸成为建设西藏的一分子，还有很多的"有幸"……

记录一下此刻在高原的心境吧。

林芝南迦巴瓦峰

人生初见

初见色季拉山蓝，

风和日丽生眷恋。

素颜南迎巴瓦峰，

冬日莹雪天地间。

散落光影禅音静，

却有清风常相伴。

点墨空谷幽兰香，

工布江达迎新年。

莫道天涯无知己，

再见欣然比青山。

抵达鲁朗镇下榻酒店，已是18：15。

8个多小时的车程，一直在海拔2900~5020米之间穿梭，由于一路上小镇美景深深吸引了我，路途奔波似乎也不是那么的疲劳了。

2017 年 11 月 18 日 6 点 34 分 19 秒

或许是气候干燥，或许是认床，抑或赶路疲劳，抵达鲁朗镇酒店的当晚，我用牛奶色的自来水洗漱完毕（当时还特别奇怪，水怎么会是这个颜色呢？），在床上辗转反侧，久久无法入眠，于是简略梳理一下这一年来学习、工作和生活的点滴，直到凌晨3点左右方迷迷糊糊入睡。

好像做了一个梦。

忽然被一阵剧烈的摇动和巨大的"哐啷哐啷"的响声惊醒。一开始我吓出一身冷汗，以为是谁在剧烈地摇床，抑或者在用力敲门，奇怪，床怎么就上下、左右地剧烈晃动！迷迷糊糊地看了下手表：6点34分。

就这么持续被摇了好几下，我忽然惊醒了："地震了！"

我立即下床靠着墙坐下，顺手把衣服、裤子和鞋子穿好。

也就是10秒左右的晃动吧，四周忽然安静了下来。"怎么办呢？是待在屋子里，还是迅速离开房间？刚才的震动不会是幻觉吧？是不是外面有大车走过了……"一阵胡思乱想，然后我把窗帘拉开，似乎听到了人的声音。

鲁朗小镇

　　短短的三五分钟光景，却显得特别漫长。屋子和床又继续摇晃起来，只是没有刚才那么剧烈。

　　确定是地震了，而且还有余震。我赶紧离开屋子，以最快的速度到了酒店外的空地。

　　很多人都跑出来了，有的人裹着被子，有的人穿着睡衣，有的人脚上还穿着拖鞋。老天保佑，大家看着都是平安无事，我长吁一口气。

　　忽然有了劫后余生的感觉，大家纷纷拿出手机上网搜索新闻。

　　2017 年 11 月 18 日 6 点 34 分 19 秒，林芝市米林县发生 6.9 级地震，震中距离我们所在酒店约 65 公里；在 6 点 37 分 58 秒，林芝市米林县发生4 级余震。

　　大家就这么站在空地中央，一直待到 7 点 30 分，屋外太冷，大家商量后一起鼓起勇气回到了屋里。

　　大家睡意全无，衣服鞋子都不敢脱，得随时准备离开房间。做得最多的就是给远方的家人、朋友、同学和单位同事报个平安。

接着大家开始关心震中的受灾情况，都在心里祈祷，希望不要有人员伤亡。

事后才知道，地震深度为 10 公里，距离地震中心更近的米林县震感强烈。楼层稍高一些的居民家里，有的桌子上的东西被震掉、震碎了，有的墙体出现了开裂，林芝到色季拉山的 318 国道也中断了，路上有落石。

国家应急救援专业力量武警交通部队立即启动预案，部队作战指挥中心迅速行动，第一时间动用无人机和卫星遥感等现代化救援力量开展侦察灾情。

担负川藏线养护保通任务的武警交通二支队派出由支队参谋长芦苇海带队的 3 个先遣组 20 余名官兵，携带生命探测仪、卫星综合指挥车、抢通机械等装备，兵分三路紧急赶赴地震震中，展开生命救援和灾情实地踏勘。

武警交通二支队另有 100 余名官兵、40 多台（套）大型专业救援机械及医疗救护和救援物资车辆也已集结完毕，随时准备增援。国家的力量出现在震区最需要的时刻，百姓倍感温暖。

当天，余震一直在持续：8 点 31 分 58 秒，林芝巴宜区发生 5 级余震；9 点 11 分 50 秒，林芝巴宜区发生 3.1 级余震；10 点 13 分 38 秒，林芝巴宜区发生 3.3 级余震；11 点 36 分 04 秒，林芝巴宜区发生 4.3 级余震；13 点 59 分 44 秒，林芝巴宜区发生 3 级余震。3 级以下有明显震感的余震也有 4~5 次。我们所在的鲁朗镇就属于巴宜区。

2017 年 11 月 19 日 5 点 24 分 48 秒，在林芝巴宜区发生 3.1 级余震……

天哪，短短一天时间，经历了 10 多次地震，无法用语言来形容当时的心情和心境。

当地震在距离你很遥远的地方发生了，伤心、同情、心酸都会涌上心头；当地震毫无征兆、在你毫无心理准备的情况下，就在你身边发生了，而且你就在地震中心的周边，一种从未经历过的无助感，既陌生又清晰，既紧张又无奈。

忽然又觉得在大自然面前，我们是多么渺小的存在，家人和朋友的关心又是那么的亲切和温暖。八千里之外的关切询问、八千里之外的真情牵挂、八千里之外的殷切祈福。

身处地震之中，我没有任何思想准备，虽然受到惊吓，倒也淡定，不算慌乱，这应该是援藏之后内心的变化，这也应该是远方的关怀安慰给予的精神力量吧。

长期处于高原缺氧状态下，面对这样的突发状况，我不禁再次审视人生，有的援藏干部抵达西藏后身体健康受损较重，有的已长眠于高原，我的这次特殊经历与他们相比较，实在算不了什么。

祈福处于地震波及地区的人们安好，记住这个特殊的时间：2017年11月18日6点34分19秒，经历林芝米林县6.9级地震。

学 习

学习是一种共享经验，是一种协作阅历。共享经济大背景下，体验式学习，不仅是增加知识，更多是为了共同利益而努力。

读书随感

达孜，天上书香，瘦了时光。

读书是最好的学习方式，没有之一。我醉心于读一本书，读一本好书。读书等于旅行，读书会使人进入一个思考的世界。

自2016年7月进藏以来，不知不觉读了大约50本书（不包括工具书），有好友推荐，有偶然觅得的，也有重拾再读的。

在高原读书，如春风拂面，似与好友交流，遍看人生百态，甚是奇妙。

所读每一本书，有笔记，有书摘，抑或随感，在此分享荐读。

(1)《突然走到了西藏》(陈坤著)

爱旅行，爱阅读，爱生活。

2019年2月9日，是我国农历正月初五，也是藏历新年。这一天，应西藏人民广播电台"听游四方"节目组之约，通过广播直播，与广大听众朋友分享读书心得，我的《突然走到了西藏》读书随感在西藏大地响起。是的，这不正是文化无边界、读书不分民族吗？读书声音分享：

阿里雪域

　　"高原行者、闲时读书"——这是西藏最好的陪伴，这是高原的心灵鸡汤，这是雪域的品读，它由来自喜马拉雅的纯净雪水熬制而成，阳光是最好的佐料，伴随高原的春夏秋冬、四季更迭，品读不一样的风景。

　　2011年夏天，陈坤的工作室组织了"行走的力量"活动，以"行走"为线索，思考生命的价值与意义，陈坤带队走进了西藏，感受高原的力量，我从书中也感受到陈坤的内心从脆弱到强大的转变过程。

　　陈坤在书中写道："开始宁静的革命，一项可重新导入内心世界的修行"，"通过十一天的西藏行，通过最后四天的高强度爬山，得到真正的身心洗礼后，似乎强大并不是难事"。是的，行者无疆。我们每个行走的人，其实并不用执着于自己是将心契入哪个层面，只要放松地走，自己是什么样就什么样，不用伪饰一个高境界的、超脱的东西，也别刻意做给自己和别人看，将目的淡化，仅仅是给自己一个和心灵独处的机会，一切的境界和体悟就会自然地显现在你的心里。

陈坤在书中描述："只记得羊湖的蓝，是只有西藏才有的蓝。纯粹、自由、原始、神秘。" 循着陈坤的足迹，我第一次去了羊湖，看到了影片《云水谣》中的些许痕迹，石屋还是那个石屋，草地还是那片草地，有些许的凄凉和空灵的感觉。

陈坤在书中分享："每个人在成长的过程中，都需要别人推自己一把。我生命中也有过很多的老师和朋友，在关键的时刻往前推了我一把。" 同感。有一个自己的人生导师、人生益友尤为重要，哪一天，也许我们又会成为别人的人生导师，在得到帮助的同时，不断去帮助别人，就会有一个充实而美好的人生。

山谷的回响

陈坤在书中还收录了参与"西藏行走"的学生日记，有一位同学这样写道："总之，这次行走，给我很多收获。走起来，你才发现外面的风景如此美好。走起来，你才知道你自己的内心是多么浮躁。走起来，你才了解一切都是庸人自扰。走起来，你才体会困难都是过眼云烟。走起来，你才恍然大悟，原来我的内心比脚走得快。走起来，再不走，就被别人赶上了。"

这是一本自传性质的书，惊讶于《金粉世家》里扮演七少爷的陈坤，透过西藏反映出自己的内心世界，点点滴滴都是真实的，让人动容。在这个喧嚣的世界里，能听见自己内心的声音，是多么难能可贵啊。

援藏此志我亦然。

(2)《查令十字街84号》（海莲·汉芙著）

1949年的纽约曼哈顿，33岁的穷作家海莲·汉芙偶尔看到一则伦敦旧书店的广告，于是执着地给这家书店写纸质信件，这一写就是20多年。后来，她、这个书店、那些多年往来的书信，便成了爱书人士的一个特殊符号。那家书店的地址就是查令十字街84号。简单、纯洁、温暖，懂得。

好书是挚爱，一见如故！二十年的心灵承载，一本爱书人士的"圣经"。读之，恍若初见，阅之，灿若星辰。

(3)《吾国与吾民》（林语堂著）

吾国与吾民，洋人与国人，民族与个人，工作与生活，付出与幸福……辩证的、真实的、存在的、内心的、在意的……

林语堂先生略带幽默，略带嘲讽的语气，入木三分的刻画，现今读来，仍触动灵魂。五星点赞，感谢挚友的推荐。

(4)《科学管理原理》（弗雷德里克·泰勒著）

弗雷德里克·泰勒被誉为"现代管理学之父""理性效率大师"，生长于不错的家庭环境，有着与生俱来的认真和对于新事物的执着研究。高分考入哈佛大学法学专业，后因视弱和偏头痛辍学，然后进入水压工厂、铸铁工厂，做了一线工人，他的金属切割实验、铲铁实验和砌砖实验曾受到来自企业主和工人的质疑，他坚持30年，并不得不就自己的"异论"

赴国会接受质询答辩……如此，后人方得他推崇的科学管理原理，方有了社会财富源源不断地增加和社会科学的进步。走自己的路、实践出真知，这是我对泰勒一生的解读吧。

泰勒科学管理原理的核心是思想的变革，由企业盈余分配的矛盾转向企业主和工人共同获取最大盈余的需求。其要义是应用科学原理系统化构建科学管理体系：一是应用科学的方法实践并确定流程，二是挑选和培训优秀工人，三是构建科学工作体系（设立计划部和工长制），四是等分企业主和工人作业，构建和谐关系。

这是一本不错的书，初读略觉乏味，再读确有许多闪光的思想，给我启发颇深。

一位令人钦佩的管理大师，纵使风云涌，我自蔚然行，他的科学原理、他的坎坷人生，或许都源自那份坚持和执着吧！

(5)《零边际成本社会》（杰里米·里福金著）

芳华流年，初心不改，共享经济发展在路上。

作为现代行政和经济社会的管理及参与者，作为共享经济模式下当然的消费者，阅读本书，感触颇多。这是一本社会人士的必读书本。

本书从经济社会发展模式、状态、历程、技术和变革等方面切入，言简意赅，深入分析，客观判断，提出"变革和颠覆"是经济社会不断发展的动力所在，是每个社会人追求更大幸福的开源之水。

人类社会的意识形态也在不断进步和丰满，从神话意识起，发展至神学意识，再到思想意识，及于心理意识，方有同感意识，人们追求更大的幸福，这是建立"共享经济社会"必经的历程。

"共享经济社会"是"第三次工业革命"的主要特征，是由"市场经济"向"社会经济"转型的终极结果，社会追求产品和服务的"零边际成本"，实现经济社会"发展模式"和"发展业态"的创新和变革，当然，资本主义以追求更大利润为目标的经济"发展模式"和"存在方式"也终将被取代。期待中……

(6)《追风筝的人》（卡勒德·胡赛尼著）

这是一部值得五星评价的好书，情节引人入胜，历时 6 个半小时，终于读完。它是情节跌宕的小说，是沉甸甸的历史，更是主人公阿米尔的心路历程。亲情、友情和爱情，曾经的懵懵懂懂，曾经的忐忑怯懦，却因为一个小小的风筝，让她愈加清晰、浓烈、勇敢和丰满。虽然经历了战争和生死，跨越了世纪和悲欢，穿越了1/4个地球，但它却坚强地存在，历久弥香，温暖身边所喜爱的人。

正如译者所言，每一个勇敢、有爱心和执着的人，都是一个追风筝的人，一直向前，心之所至，就是美好……

(7)《灿烂千阳》(卡勒德·胡赛尼著)

清晨，她的笑声如同花儿一般欢快。夜晚，夜的漆黑好比秀发似的乌亮。她那些动人的夜莺唱着美妙的曲调。如焚烧的树叶，它们唱得热烈而悠扬。

玛丽雅姆人生最后20步的心路已无从考证，可那却是真实的存在。

她有着卑微的出生、卑微的童年、糟糕的婚姻、糟糕的经历，可她做到了，她曾经存在过，哪怕自己只是荒野里一株任人踩踏的小草。

她来自最贫瘠之地、一个卑微的民族和一个战乱的国度，没有呵护、没有温暖，可那又何妨？因为她的存在，莱拉有了生的选择，让两个孩子有了更好的路（或许），让两人曾经的分开有了重聚之后坚定的前行。

虽然这株小草终归进入泥土，结束生命，可她的人生轨迹却不平凡，她爆发出的力量令人动容，她无奈而平静的离开更令人扼腕，她是令人钦佩的，另一位莱拉女士的生命将是最好的延续。

(8)《群山回唱》(卡勒德·胡赛尼著)

群山回唱，真实故事。一树花开，满枝吐艳，乡愁浓烈。

兄妹失散58年，历经千重磨难，终又团聚，这成为小说的主线，令人唏嘘。小说收尾于美好的梦境，童话世界和模糊现实形成鲜明的对比。

(9)《西藏的天堂时光》(凌仕江著)

水之轻轻流动的气息，缓缓穿过他厚厚的氆氇，雪之光芒在缺氧的空气中，像一把把短刀剥开经年的尘埃，不知不觉，我向他走去。

(10)《三体（全集)》(刘慈欣著)

略览、浏览加上部分精读，这可能是我近些年来唯一在这么短的时间里读完的一部近30万字的小说了，谢谢友人推荐。

在小说里，印象最深的是云天明讲的3个童话故事，它们构思精巧、情节引人入胜。可其他印象就不那么深刻了。

爱是信仰，是坚守，是向前，是让不可能成为可能。这也算是小说第二部分贯穿的主线吧。山重水复疑无路，柳暗花明又一村。

小说第三部分的情节设计让人觉得遗憾：主人公程心三次的爱心，致使人类三次的灾难，尤以最后一次人类由三维世界直接进入二维世界，整个太阳系都进入一纸画中，没有了生命；而287年的守望，也让云天明和程心两个主人公擦肩而过，各自安然生老于间隔数千万年的空间里……

我佩服作者的文笔，可对这样的情节和结局我不太认同。读完之后觉得遗憾了些。

（11）《我敢在你怀里孤独》(刘若英著)

今天是个特殊的日子，可能远行的缘故；可能好友推荐此书，有些读前的忐忑，带着女性作者的作品是否适合男士阅读的疑问，谁知前一日初读即被吸引，于是带着好奇继续读。可能内心喜欢独处、旅行和远方，与"奶茶"刘若英有了共鸣；可能对于无法参加周末学习的无奈，或许还有很多的"可能"……

于凌晨，在远行前一口气读完此书，明白了书名出自于"Dare to be lonely in someone

天 路

else's arms"，清晰了孤独是灵魂深处被触及内在的坦然。独处、相处是每一个社会人外在的状态，独处是一份率真，相处是一种淡然，相由心生，境由心转，内外兼具，方能从容，如何超然？

有些疑惑：文章标题中的"你"所述为谁？是"奶茶"抑或是"奶茶"所访谈朋友的爱人、恋人、朋友，还是亲人？还是虚指另外一个钟爱的"独处"状态？我想，这也并不重要，安静或不安的心绪已所得，一本好书！

(12) 《顾城作品精选》(顾城著)

我到哪里去呵？宇宙是这样的无边。用金黄的麦秸织成摇篮，把我的灵感和心放在里边。装好纽扣的车轮，让时间拖着，去问候世界。

(13) 《人民的名义》(周梅森著)

以人民的名义，行权力的博弈。人性的弱点，谁是谁非，跃然而出。初衷、过程和结果令人深思，小说中人物的个性和特点有着鲜明的时代烙印……

(14) 《光阴似水待你如初》(白落梅著)

读完这本书，心情难以平复，民国遗风已穿过时空，与徐志摩和陆小曼或悲或喜，知性女性、坎坷人生，青年才俊、天妒英才。但那又何妨？一路走过，真性情。朝花夕拾，诗意人生，留驻美丽，花香人间。

只是与作者的笔墨描写略有分歧，文字可以更轻缓些，任光阴似水，都将待你如初。给这本书五星评价。

(15) 《醒来觉得甚是爱你》(朱生豪著)

朱生豪是民国时期的著名诗人，殁于 1944 年。

朱朱，一个希望那个人给自己起个好听名字（称呼）的人，一个被称为"好人"及很多称呼的人，一些娓娓道来的工作汇报、生活汇报和心情汇报，一封封真实感人的信，两人世界的点点滴滴，是这本书特殊的表达，思慕走过风雨，日月星辰都被感动到了。

引用朱生豪先生的表达：心里高高兴兴，什么时候都是春天。面向南方，春暖花开。

　　2015 年以来，我一直在异地奔波。先是 2015 年的下半年，我被组织上派往北京海淀区旅委挂职副主任。在皇城根下，既有满满的兴奋，也有着满满的孤单和孤独。镇江市委、市政府选派了我和另外两位同志赴北京挂职锻炼。我们分别在海淀区旅委、海淀区发改委、海淀区科委挂职，住的地方自然也分别在西北五环、四环和三环外，相互之间的拜访见面，选择"打的"是断然不行的。"首都"被称为"首堵"嘛！坐地铁得先转 30 多分钟的公交车，所以，公交车只能成为最优选择了，可这样，路上也得花费 1 个多小时。

　　短暂的思考过后，与其把时间花在拜访援友的路上，不如选择挑战一下自己，于是报名了南京联合开放大学的"全国 MBA 双证考前培训班"。不禁感叹现代网络的发达，通过网络视频课程充电吧，这当然需要很大的毅力和很强的定力了。

　　5 个多月的备考时间转瞬即逝，收获最大的是通过"百词斩"APP 软件，熟记会写 5000 多个英文单词了。顺利地考取了南京航空航天大学经管学院的 MBA（半脱产）。

　　好事多磨。才拿到录取通知书，又收到组织上派我到西藏达孜援建 3 年的工作任务单。向组织坦陈了自己业余学习的情况，西藏至南京，路途遥远，频繁的往返必定影响工作，而且频繁地进藏缺氧、出藏醉氧，会对人体脏器造成不可逆的影响。怎么办？当然不能放弃，组织上谅解我的实际困难，建议统筹兼顾。

　　"既然选择，就得一直向前，这就是我们，不一样并且充实的人生。"

　　因为工作交流交往和年休假的原因，我每年大约在西藏至江苏之间往返 5 次。很多同志返回江苏以后，都会在家里休息调整数日。可我只能于醉氧的迷迷糊糊状态下，坚持到南京航空航天大学经管学院听课。

　　记忆最深的是，有一次零点到达镇江的家，第二天早上 6 点多就得起床去上课。由于醉氧，每次返回镇江都有 3 天时间不敢开车，怕开车时会睡着，只能坐火车去南京然后打车到学校。

上课的时间是快乐的。企业营销、信息管理、统计学理……每一门课程，我都可以结合自己的工作实际，自己的理论知识水平和理论联系实际的综合应用能力有了持续的提高。

上课的时间是辛苦的。每天大量的信息往往让我们应接不暇，而我还是刚从高原来到南航的教室，只能选择坚持、坚持、再坚持。

上课的时间有时也是苦闷的。从西藏返回江苏的时间不得超过15天，这是江苏援藏指挥部对干部人才的规定，当然得遵守。可是学校的课程一般是间隔两周的两个周末上4天课。所以，我在南航的学习，更多的是由西藏返回、返回西藏的首尾各2天上课了，家里的事儿、孩子的学习是没法兼顾了。

哎，这就是我的真实学习生活。其实，我不会去对老师有任何想法，规矩是要大家共同来遵守的。可是，西藏海拔实在是太高，距离实在是太远。往返飞行一趟实在是困难。不是我不努力，我已尽全力，恳请谅解和支持吧。

我会认真修完学校开设的每一门课程，即使来不及到学校现场学习，也会在雪域高原先期自学的。

读书和学习，是我克服高反的最有效的方法。屡试不爽！

小镇大赛

2016年12月23—24日，江苏省经济工作会议在南京召开。

作为"特色小镇"倡导者的李强书记到江苏后第一次公开谈论特色小镇，"产业""企业"和"创新创业"成为关键词，随之江苏省政府印发《关于培育创建江苏特色小镇的指导意见》（苏政发〔2016〕176号），高度重视经济转型升级的江苏最先站到了特色小镇的"风口浪尖"上。

江苏省学位办、江苏省发改委联合举办"江苏省首届MBA案例管理大赛"，旨在推进江苏省特色小镇建设的理论研究和创新实践。

这是我所喜爱的领域，动员组队、调研分析、研究提升、现场辩论，我们组队参加了南京航空航天大学江苏赛区的预赛。

我们参赛的作品是"协鑫：行走在特色小镇建设之路上"的案例和分

析文稿，经评审获得第 1 名，经过紧张激烈的现场陈述和辩论环节，我们获得团体第 1 名的殊荣。

比赛中，还收获了意外的惊喜，我成了本次预赛的最佳辩手。

我们的团队是最棒的，大家整理行囊继续前行，在下一站的路口，和全省其他 18 所名校的学子们共同竞争。请记住我们的团队成员：导师王英教授；成员张龙、田娜、陆来娣、陆修尧、林萌萌、彭彦、蒋云峰，还有我们的施旻霞同学。

下一站是 2017 年 11 月 12 日举办的"江苏省首届 MBA 案例管理大赛"，我们当之无愧地拿到了一等奖的好成绩。

小镇会客厅设计效果图

小镇智慧云仓管理中心设计效果图

南航协鑫新能源小镇队合影

　　紧接着，2018 年 10 月，我们的案例正式入选"中国管理案例共享中心案例库"，案例编号：STR–0828。案例涉及行业：中国能源工业。案例适用对象：经营管理人员，硕士生，工商管理硕士（MBA）。

学习十九大

　　2017 年 10 月 18 日，是一个特别值得纪念的日子。

　　10 月 1 日以来，达孜即进入一级戒备状态。在达孜的 4 位援藏干部，直接承担了包乡、驻村、包寺的任务，全天 24 小时无休，与基层干部群众同吃、同住、同工作、同巡逻。

　　终于迎来了十九大的开幕。

　　我们通过动态参加组织学习、自学、讨论和独立思考等方式，认真学习十九大报告。

　　这应该是一次系统化的学习，是一次精神补"钙"，是一次发展信心的强化，还是一次"三年援藏"的创新思考。

习近平同志代表第十八届中央委员会向大会做报告，新华网发表了《十九大报告：习近平直抵人心的这19句话》。

其中包括以下要点：一是中国共产党人的初心和使命，就是为中国人民谋幸福，为中华民族谋复兴；二是中国特色社会主义进入了新时代；三是我国社会主要矛盾已经转化为人民日益增长的美好生活需要和不平衡不充分的发展之间的矛盾；四是让全体人民住有所居。

"矛盾"存在于社会的方方面面，存在于个体的工作、生活和学习之中，矛盾无处不在。

纵观新中国成立以来的发展过程，我国社会主要矛盾在不同的时期有不同的表述。

第一阶段，源于1956年党的八大。提法为："我国国内的主要矛盾已经是人民对于建立先进的工业国的要求同落后的农业国的现实之间的矛盾，已经是人民对于经济文化迅速发展的需要同当前经济文化不能满足人民需要的状况之间的矛盾。"

第二阶段，1981年党的十一届六中全会决议。提法为："我国所要解决的主要矛盾，是人民日益增长的物质文化需要同落后的社会生产之间的矛盾。"延续至今。目前来看，中国的社会生产已经不是落后，人民的需求也不仅局限于"物质文化"。

第三阶段，刚刚开幕的十九大，在大会报告中表述："我国稳定解决了十几亿人的温饱问题，总体上实现小康，不久将全面建成小康社会"，"人民美好生活需要日益广泛，不仅对物质文化生活提出了更高要求，而且在民主、法治、公平、正义、安全、环境等方面的要求日益增长"；同时，"我国社会生产力水平总体上显著提高，社会生产能力在很多方面进入世界前列，更加突出的问题是发展不平衡不充分，这已经成为满足人民日益增长的美好生活需要的主要制约因素"。

十九大报告的表述和判断是精准的、理性的、可指导社会实践的。

如何解决新时期的主要矛盾，这需要行动指南。

围绕援藏工作，我们应该围绕如何有效处理好生产力和生产关系的矛盾，从供给侧结构性改革发力，从规划、产业、项目、社会事业等多领域着力，朝向提升西藏百姓福祉和藏汉永远一家亲的方向努力，做出援藏工作新贡献，展示援藏干部高原的风采！

学习十九大报告的核心要义，应该是牢牢把握新时代中国特色社会主义思想理论基础、精神实质、党和国家的历史性成就、中国特色进入新时代的重大政治论断、我国社会主要矛盾的变化、中国共产党的历史使命、新时代坚持和发展中国特色社会主义的基本方略、从严治党的新要求新部署等8个方面，系统化地学习贯彻党的十九大精神。

活学活用，继续在应对重大挑战、抵御重大风险、克服重大阻力、解决重大矛盾中，树立一个优秀共产党员的形象。继续严格遵守各项法律法规和规章制度，继续弘扬艰苦奋斗的精神。敢于担当、勇于担当、善于担当，努力作为，勤奋工作，发现工作中可以进步的空间，在勤奋中找到合适的方法，寻求进步，更好地为人民服务。

从一大到十九大，中国共产党带领中国人民，劈波斩浪，锐意改革，取得了举世瞩目的成就，西藏的经济社会和谐发展，百姓幸福安康，边疆稳定有序。

"三年援藏行，一生援藏情。"作为一名援藏干部，坚持做到不忘理想、不忘信仰、不忘宗旨、不忘责任，时刻保持谦虚谨慎、勤奋刻苦的工作作风，不断保持一股强大的活力和不竭的动力，努力为边疆稳定、边疆发展和边疆人民的幸福贡献力量。

新时代中国特色社会主义思想是引领中国共产党不断前行的航标灯，是西藏经济社会发展和稳定的伟大旗帜。

我们必须坚持治国先治边、治边先稳藏的战略思想，坚持依法治藏、富民兴藏、长期建藏、凝聚人心、夯实基础的重要原则。必须牢牢把握西藏的主要矛盾和特殊矛盾，把改善民生、凝聚人心作为地方经济社会发展的出发点和落脚点。必须全面、正确地贯彻党的民族政策和宗教政策，加强民族团结，不断增进各族群众对伟大祖国、中华民族、中华文化、中国共产党、中国特色社会主义的认同。必须把中央关心、全国支援同西藏各族干部群众艰苦奋斗紧密结合起来，在统筹国内、国际两个大局中做好西藏工作；必须加强各级党的组织和干部人才队伍建设，巩固党在西藏的执政基础。

要重点突出八个方面的作为：

一是着力深化改革，改革是发展的发动机。二是推进项目建设全面深化，项目是发展的牛鼻子。三是加强基础设施建设，基础设施是人民美好生活向往实现的基石。四是做优做强特色产业，产业是援助西藏的关键环节。五是不断壮大民营企业，民企是市场经济的重要一环。六是构建生态安全屏障，环境保护是西藏经济社会发展的红线，不得逾越。七是大力保障改善民生，民生是发展关注的核心。八是坚持维护社会和谐稳定，稳定是西藏工作的首任。

近年来，西藏自治区党委、政府从边疆民族地区实际出发，紧紧围绕创新社会治理体系，提高社会治理能力，积极探索治边稳藏的新路子，形成了一套行之有效的思路和做法。

重点体现在以下 10 个方面的创新：创新维稳指挥体系，创新乡村治理结构，创新寺庙治理体系，创新城镇治理格局，创新重点部位管理手段，创新意识形态引导方式，创新团结动员群众机制，创新"两手抓"工作艺术，创新持续健康发展模式，创新党建保障体制。

再读仓央嘉措

大学时代就拜读过仓央嘉措的诗歌，甚是喜欢。

世间万物，皆为"缘"字，"缘"来如此。之前从未想过，能够走进西藏，在故事的发生地再读仓央嘉措的诗，能够去了解活佛的真实世界，已然震撼吧。

仓央嘉措，藏族同胞心中的活佛，挚爱诗歌，写下千古华章。不知道是佛缘触发了他的诗歌灵感，还是诗歌点化了他的佛缘情怀，这无须考证。

重要的是，300 多年来，在藏族同胞心中悄然幻化，他已是人们心中的佛缘，也是大众心里的情缘。

无数到西藏的内地旅者，并不知道多少转世达赖喇嘛，却都记住了仓央嘉措。

我们用心去触摸百年屹立的大昭寺白墙，坐在玛吉阿米酒吧里，安静

祈　愿

地倾听红尘里的梵音，悄然走进那一场轮回。

　　"我是凡尘最美的莲花。"1683 年，仓央嘉措出生在藏南门隅达旺纳拉山下一个信奉藏传佛教宁玛派（红教）的普通农牧家庭，籍贯为门巴族。公元 1682 年，在刚刚竣工的布达拉宫里，五世达赖罗桑嘉措圆寂，他的亲信弟子、第巴（即藏王）桑杰嘉措，为了能够继续掌管藏传佛教格鲁派（黄教）事务，密不发丧，对外宣称五世达赖喇嘛已"入定"，无限期修行，委托他处理一切事务。他迅速派人到民间寻找转世灵童，于是仓央嘉措被选中。桑杰嘉措为了能够与蒙古准噶尔部的首领噶尔丹共同执掌蒙藏大权，迟迟没有迎进仓央嘉措。

　　"我问佛：世界为何有那么多遗憾？佛曰：这是一个婆娑世界，婆娑即遗憾；没有遗憾，给你再多幸福也不会体会快乐。""我问佛：如何让人们的心不再感到孤单？佛曰：每一颗心生来就是孤单而残缺的，多数带着这种残缺度过一生，只因与能使它圆满的另一半相遇时，不是疏忽错过，就是已失去了拥有它的资格。"1696 年，康熙帝平定准噶尔叛乱后，

玛吉阿米夜色

从俘虏口中得知西藏五世达赖已圆寂多年,非常震怒。桑杰嘉措迫于形势,于1697年,一边向康熙帝上奏赔罪,一边迅速地迎接仓央嘉措入住布达拉宫,拜五世班禅罗桑益喜为师,取法名罗桑仁钦仓央嘉措,同年10月25日,举行坐床典礼,仓央嘉措被封为六世达赖喇嘛,成为西藏历史上唯一一位非藏族、非蒙古族的达赖喇嘛。那一年,仓央嘉措14岁。

"住进布达拉宫,我是雪域最大的王。流浪在拉萨街头,我是世间最美的情郎。"在政治上,仓央嘉措只能如傀儡般存在,受人摆布;在生活上,仓央嘉措出身红教家庭,红教并不禁止僧侣娶妻生子,但黄教却禁止僧侣结婚成家,这让他无法适应。他对戒律和权谋竭力反叛,他对自由和正义充满渴望,他桀骜不驯。民间传说,每每夜幕降临,他就化名为达桑旺波,以贵族公子的身份,在拉萨街头流浪。他迷离颠沛的一生,他极具才华的性情,14年的乡村生活,10年的拉萨街头夜晚的流浪,对于尘世生活的热爱,对于自由世界的向往,激发了他的创作灵感,所著的66首诗歌广为流传，在世界诗坛上拥有显赫声名。

"谁，弃我而去，留我一世独殇；谁，可明我意，使我此生无憾；谁，可助我臂，纵横万载无双；谁，可倾我心，寸土恰似须弥；谁，可葬吾愓，笑天地虚妄，吾心狂。"1705 年，固始汗的曾孙拉藏汗与桑杰嘉措之间的矛盾爆发，桑杰嘉措被杀死，拉藏汗致书清政府，奏报桑杰嘉措谋反，又报告六世达赖仓央嘉措不理教务，请予贬废。康熙皇帝准奏。

"笑那浮华落尽，月色如洗。笑那悄然而逝，飞花万盏。""缘起即灭，缘生已空。"1706 年，仓央嘉措在被押解途中，于青海湖打坐圆寂。又有民间传说，他毅然离去，远赴印度、尼泊尔等国家修习佛法，后圆寂于阿拉善，终年 64 岁。

阿里行

三年援藏路，也是三年的高原心路旅程。天上西藏，云上达孜。昨夜清秋，金晨初露。

路途小溪

那曲云标

　　世界屋脊的屋脊，高原上的高原，人口密度最小的地区——阿里。阿里行，也是三年援藏路上的又一次挑战吧。

　　山顶上的点点白雪，路边干涸的沟渠，黄枯的斜草，都是告白冬的宣言。这样的假期时光，亦考察调研，亦交流学习，正适合开启冬日阿里之旅。

　　圣城拉萨，千年喜喀孜（藏语发音，意为日喀则），红色阿里，美地那曲。经尼木县、萨迦县（萨迦寺）、昂仁县、萨嘎县、普兰县、札达县、嘎而县、班戈县、当雄县、达孜区一线，记录分享一路的心情和心境。

阳关引·源水淙山

　　莫愁阳关雪，欣然塞外寒。萨迦寺中，统嘎鸣、西向难。昂仁入浩渺，山水哪曾堪。万里殊途长空镜，夕阳残。

　　源水润淙山，须弥缠。独步清湖，映衣袂，星辰闲。望冈仁波齐，天河流四方。白砂待藏北，冬日红尘珉。

　　释义：欣欣然，边疆的寒意正浓，何不去探寻塞外的雪？萨迦寺中那传说千年的统嘎（海螺），僧侣吹奏低鸣，西向难行。昂仁（藏语发音，意为长沟）

县境内的长沟清水，情何以堪，承山映天，万里长空，一碧如洗，承载金色夕阳的洗礼。

万水之源的潺潺之水滋润着绵延的山脉，须弥山（冈仁波齐的别名）守望千万年，徒步的旅者留下一圈圈冬的足印。在沿途的清湖独步，一"错"再"错"（藏语发音，意为湖）。由冈仁波齐神山发轫的天河之水，清流四方，润泽万物。期待藏北大漠、万里羌塘，冬日映衬红尘里的星星玉石，千年高原承载，千年熠熠生辉。

边 邑

清茗一阕家万里，功名轻微归无计。

朝迎夕揽嵌影沂，浮生流年岁月邑。

青玉案·婆娑

子夜素衣望星空，放歌时，触苍穹。东郊达孜映天宫。拉萨河谷，纤纤玉带泳。

柳枝怡人写意虹，我自乘风雅江重。大江东去，遥看云起，万水千山韶华纵。

阿里天山

闲时哲学，来自于生活的点滴，也是一种生活态度，真实、美丽、温暖、淡雅、富有生机，如一杯淡淡的新茶，清新醉人。援藏人生，闲暇时光，用美好心态去融入这方热土，也是为了更好地做好援藏工作。

在西藏的生活，是一条直线，简单、简约、简洁，却也十分孤单。我们的责任是让自己更加充实起来。

拉萨河千年流淌，人类择水而居，方有了拉萨今天的兴旺，无论是拉萨市区，还是达孜区城，抑或驻扎的村落和寺院，都是沿着拉萨河谷两侧延伸。从天空俯瞰，就如同一条粗粗的线段，镶嵌于狭长的山谷之间。我们闲时生活便是，睡觉、独自吃饭，偶尔品一下拉萨纯生啤酒或青稞米酒，观景、聊天、打牌，偶尔K歌（当然是在手机上或者是在友人的宿舍里），简单得不能再简单。经历了高反失眠、骨骼酸疼、肠胃不适，整天处于眩晕状态，已然身心疲劳挥之不去。

雪域山谷

自然浩渺，人的身体是那么渺小，抗拒不了大自然的侵蚀，可那又何妨？

思想如果强大，精神就一定强大。精神如果强大，便会坦然面对变故。不去过多言他，握紧拳头，为这方热土继续奉献力量吧。

拉萨的牙祭

达孜距离拉萨主城区不远，距离高原生态很近。

达孜是拉萨东郊的天然氧吧，来了达孜会让您美得缺氧，这里"醉"生态、"醉"净土、"醉"氧吧。

一个人在一个地方待久了，就会想着去看看别的地方。现在回想起来，到西藏这么久的时间了，出过大拉萨市域范围的机会不是很多，其中有高反的原因，但更多的是因为工作繁忙，一直找不着整段的时间，去西藏的其他地方走一走。

拉萨主城区是藏区最繁华、最有景致的地方，自然也成为我们周末常去的地方。

夜幕下的大昭寺

到拉萨，大昭寺和八廓街是首选目的地。

白天也好，晚上也罢，都可以不用花钱买票、不用预约，沿着古街道和青石板路，走走瞧瞧，别有一番滋味在心头，典型的"穷游"西藏终极攻略。

只需随着熙熙攘攘的人流，按照顺时针方向行走，谓之转寺。

在暖暖的灯光背景下，伴着低低的诵经声，让身心穿越。虽然听不懂他们的语言，但可以侧耳享受他们愉悦的声音。不去打扰、不忍打断，用一种比风还轻的方式，悄然渗透进神秘的拉萨夜。

清夜谣

高高的山冈，

清清的夜；

幽幽的窄巷，

斑驳的墙；

宽宽的石板，

在异乡。

攘攘的人流，

天堂的街；

静静地守望，

朝佛的路；

氤氲的拉萨，

思故乡。

　　夜幕下的大昭寺是独具魅力的。缓步走在八廓街上，选一个合适的角度，可以看到布达拉宫素色的灯光，在繁星和皓月的映衬下，显得更为神圣和浩渺，仿佛那就是银河系的归宿，又若天街最美好的去处。

　　仿佛松赞干布的一骑绝尘、文成公主的思乡泪眼，在瞬间幻化，幻化成天空中的两颗星斗，默默地注视着人间的千年沧桑。

　　自古英雄多少风流地，岁月如风却清晰如昨昔，虽寻狼烟不见，也是触景生情记录心境吧，松赞干布、文成公主，布达拉宫、大昭寺、达孜桑阿寺……沧海桑田，烽烟岁月，穿越如斯。

八廓街一角

狼 烟

雪域云峰千重山，不知烽烟何处寻。

雨燕衔泥又归至，布宫鸢榻尚不识。

文成公主空庭影，大昭法轮托诸梦。

藏王一骑绝尘地，敢与盛唐话连理。

万里狼烟踏飞燕，苍穹虚空梦里回。

若问芳庭亘古意，多少离愁谁与弃。

覆水三千次第流，烟雨沉香净纤尘。

纵已千年俱往昔，一方瑶池画中溪。

清风流云裁素衣，星夜倾城月如钩。

漫步达孜桑阿寺，一盏青灯却销魂。

拉萨的影院

拉萨的影城屈指可数，有名的如拉萨林廓东路 105 号的华美巨幕影城、朵森格路 44 号的星美国际影城，还有宇拓路 30 号的拉萨电影城。

在达孜的周末时光是孤单的，偌大的政府大院里除了大门口的保安师傅，就剩下我们几个援藏干部。

也不知道谁提议，到拉萨市区去看场电影吧。提议当然是全票通过了。于是，贾云亮、朱峰和我就直奔拉萨影城了。

一年多里看了 3 部电影，只记得其中两部的名字:《摔跤吧，爸爸》和《冈仁波齐》。《摔跤吧，爸爸》是讲述一个立志奋斗并最终走向成功的女摔跤手的故事的印度影片,《冈仁波齐》讲述的是藏族同胞 "磕长头" 朝佛和自我救赎的故事。

《冈仁波齐》在我们的心里产生了久久的震撼：在朝佛的路上，人是那么的渺小。可是在信仰面前，人又是那么的伟大和执着。

影片中，那群普通得不能再普通的藏族百姓，有村里的长者、有孕妇、有屠夫，还有孩子，一台普通的拖拉机，2 段 1000 多公里的徒步朝圣之路，用 2 年多的时间完成。

屠夫匍匐在地，一只小小的甲虫慢悠悠地经过，孕妇在路上生产，村里的长者逝于神山脚下……

电影的表达，有时让人感到窒息，有时让人潸然泪下，观众为之揪心，又肃然起敬……

对于心怀信仰的人，信仰不仅仅是外化于形的物质需求，也不仅仅是付出就必须要有回报的表达。信仰应该是在上天、大地和苍生之间，自我心灵的净化和坦荡。

这就是藏族同胞信仰的力量源泉所在吧。

拉萨的天堂时光旅行书店

一次偶然，我走进了拉萨的天堂时光旅行书店，带着莫名亲切，莫名喜欢，算是一见倾心吧。

店里的员工很热情，沏上了一杯热气腾腾的大麦茶。

2018 年 3 月底的一天，拉萨初雪方晴，距离每年 4 月 25 日例行的《文成公主》实景演出开演还有些时日。

那个午后，太阳懒洋洋，风儿吹进衣领有些寒意，天街上没有多少游客。

天堂时光旅行书店

天堂时光旅行书店里，除了 2 名店员，就只有一只慵懒的大花猫在慢悠悠地踱着步，偶尔闲散地抬起头，看一眼我这个不速之客。

于是，便有了在不到 1 个月的时间里去了 4 次天堂时光旅行书吧的故事。这是一个坐落在《文成公主》实景演出剧场户外天街的高原因子。

不受淡旺季的影响，每天中午 12 点以后到次日凌晨，只要你想来，它就在那里，不远不近、不惊不喜、不离不弃，淡然存在、欣然守望、悄然欢喜。

每次到书店，抚摸略显斑驳的墙，拾起一件小小的书签或小物件，心中便有莫名的欢喜。

与店员攀谈间，知道他们都是有情怀的过客，喜爱高原、喜爱拉萨、喜爱读书、喜爱这方神秘的土地。于是，他们成了书店的主人，迎接着南来北往的游客和读者，他们的脸上写满淡淡的欣喜、淡然的情绪，与往来游客的兴奋和惊讶形成了鲜明对比。

忽而觉得，他们才是这书店里最美丽的流动风景。

第3次到天堂时光书店时偶遇老潘——拉萨天堂时光旅行书店的创始人。我难掩相识的兴奋和快乐，全然忘了在高海拔地区交流得慢半拍的忠告，一股脑儿把自己心中的疑问、好奇抛了出来。

老潘一直在点头倾听，似乎欲言又止，待我的表达初告段落，老潘的第一句话让我觉得惊讶又惭愧。

他一拍大腿，说:"哎呀，你终于让我开口说话了，把我憋坏了!"

好吧，抱歉我的不礼貌，只是因为真心喜欢吧。老潘也滔滔不绝地讲了起来，关于店员的选择，关于在国外、在全国很多地方开直营店的情况，关于文创产品的创意和设计，关于他对西藏拉萨的认识和看法。

人生重要的一课，人生一次由衷地感激，谢谢老潘。

拉萨天堂时光旅行书店的邮戳章:"只为途中与你相见（Only to meet you on the way.）"，"天下没有远方，人间都是故乡（The world is infinite and the journey itself is home)"，"飞过山重水复的流年，笑看风尘起落的人间"，"你见，或不见，我就在那里，不悲不喜——仓央嘉措"。祈愿，盖了这儿的邮戳就会美梦成真。

文化的积淀是创作的源泉和动力。

或许，源于和老潘的缘，源于拉萨天堂时光旅行书店的遇见，我和老潘成了合作伙伴。拉萨天堂时光旅行书店的设计理念、创意产品、运营模式在达孜扎叶巴村逐一落户。

正应了老潘的一句话:"产业、产品和市场需要情怀。有情怀的人做有情怀的事业。"

来西藏旅行生活也好，学习创业也罢，一个"情怀"当可概括！

拉萨的餐吧

拉萨的餐吧风格各异，有藏民族的、国内其他地域的，也有世界各地风味的。

一觉醒来，忽然想吃什么了，在拉萨的大街小巷或许都能找到。

在西藏的时光里，最喜欢在八廓街走走停停。逛累了，选一家大宅院坐下，可以吃藏餐藏面、品酥油茶，也能够尝到正宗的印度餐、尼泊尔餐。随着藏族同胞的人流，或可进入街角的一家藏茶馆，选一个角落坐下，和身边的藏族"玖啦"（哥哥）颔首微笑示意，点一壶甜茶，要一个藏家肉夹馍，和着茶馆听不懂的藏语鼎沸、伴着偶尔一两声的低吟清唱，自顾自地品茶、吃馍，这是何等惬意。

如果想吃江浙菜，八廓街上的北草小厨是不错的选择。

饭店的老板是达孜工业园区入驻的藏药材企业老板。饭店里糖醋排骨、水煮干丝等菜肴一应俱全，而且口味特别清淡。

在拉萨，最受欢迎的可能要数川菜了。

按照当地人的说法，拉萨主城区人口 60 多万，其中，四川和重庆人就超过了 20 多万。

川味在藏区受欢迎可能有这么几个原因：一是在拉萨的四川和重庆人，把川味带到了拉萨；二是藏餐口味偏重，与川菜口味有很多相似之处，比如，炒菜喜欢放花椒和辣椒，都喜欢大锅炖的菜肴；三是拉萨气温总体偏低，尤其是春季、秋季和冬季，昼夜温差大，晚间人们需要多吃肉类和辣菜，以保证驱寒、增加人体热量。

达孜的常态

巍然青山，明月清风。达孜是非常适合居住的地方，上风上水之地，绿化覆盖面积超过 80%。达孜和拉萨主城区之间是拉萨教育新城，达孜医院在提升改造中，达孜中心小学是西藏自治区唯一一所全域集中办学的学校，拉萨市区的很多家长也将孩子送到达孜来读书……

谈到达孜的安居环境，达孜的干部和群众的自豪之情自然洋溢在脸上。

达孜城区的街道并不算宽阔。沿着老 318 国道分布，从东到西不到 5 公里的临街铺面，一段与之并行的镇江路上，也分布着一些商户，这和达孜自东向西狭窄的河谷地貌相关。

达孜主城区有加油站 2 座、小型购物超市 10 多家、理发店 3 家、小饭店 10 多家，还有一些小的打字社、日杂店等，分布最多的就是藏面馆和藏茶馆了。这就是达孜主城区的全部商业了。

这里得做个说明，达孜是拉萨市下属 7 县区可用财力最厚实的县区，在西藏自治区范围内，达孜的经济实力也是排在前面的。

达孜工业园区坐落在达孜城区的西侧，与城区连成一片，园区 1000 多家企业的职工，自然也成为城区的主力人群。

工作之余，我们的主要生活内容是睡觉、追剧、吃饭、散步、购物和拜访企业，这也是我们在达孜的生活常态吧。

人们常说：人生三分之一的时间是在床上度过的。

到了西藏，经过前期摸索，我设定了自己的睡眠时间，每天晚上睡觉不少于 6 个小时，中午不午休，这是为了保证晚上能够睡得着。

原则上，到凌晨 3 点如果还睡不着，就考虑服用一颗安眠药。

如果连续第二天凌晨 3 点无法入睡，就服用半颗"白加黑"感冒药的黑片，尽量不连续几晚服用安眠药。

一年多时间里，我总共服用了 20 多颗安眠药、4 颗"白加黑"感冒药的黑片。

只有驻到村里时例外。由于海拔更高、紧靠省道 S109，作息规律被打乱了，半夜经常要醒来很多次，中午有时候得眯一会。这也算是高原的考验。再看看一起同来的江苏援藏兄弟，有好多人头发都白了许多，这应该是睡眠不好造成的吧，祈愿大家安好。

达孜菜肴的口味，略微偏咸、偏辣、偏麻。在炒菜、凉菜里千篇一律地有着一簇簇的辣椒。

区政府食堂的厨师是四川人，我们吃的菜肴自然就是"川味"和"藏味"结合了。

　　印象最深的是在凉拌黄瓜、清炒青菜里放足量的花椒，一寸多的黄瓜段上，沾满了花椒末和花椒籽。那高原缺氧状态下的麻和酥，只消一口，便已不知"舌"在何方、"味"为何物了！

　　食堂里的每顿早饭都有酥油茶供应。

　　好吧！那就入乡随俗，有什么就吃什么。

　　我们4位援藏同志，都备了诺氟沙星，时间久了也鲜有使用。不忙的时候，主城区的小餐馆一定得去光顾一下的，这也叫体验地方美食、改换平时的口味吧。

　　达孜主城区有一家山东手工水饺店做得不错。在老318国道的南侧、区国税局对面。店里的手工水饺和店老板一样实在。老板是山东人，也算是"藏漂"，在达孜待了有些年头了，拖儿带口的。老板做的水饺有3~5种口味，白菜肉、韭菜肉、纯肉、韭菜鸡蛋等。关键是现包现卖，15元半斤，不仅味道不错还管饱。

　　达孜还有一家"黑帐篷"藏面馆，点一份藏面，来一个肉夹馍，免费送一碟酸萝卜，吃了倒也舒服。还有陕西面馆、四川傻儿餐馆、藏茶馆，各具口味，我们也都一一品尝，似乎是找到了家乡的味道。

　　都说到了高原得少走、慢行、静养，这和大病住院的病人有啥区别呢？驻足达孜的街头和繁忙的建筑工地，看着来自四川、重庆等地的工人，背着工具忙忙碌碌，不也很好嘛。

　　我们每天运动的必修课是慢走5000步约4公里。起初，是在政府大院里绕圈，一圈也就500多步。但是每次由内地返回达孜后的前两天，就这样的速度，一圈下来也会头晕目眩、气喘吁吁，有胸闷的感觉，待适应3~5天以后，方可按照计划慢走10圈左右。

　　如果天气好，大家也会相约晚餐后到城区的街道、到拉萨河畔走一走、瞧一瞧。

　　沿街的市容、路边的故事、山谷的风景，尽收眼底，也算惬意。

　　生命在于运动，这样的慢走，至少可以保证肌肉不会萎缩吧。

　　在进入西藏前，鲜有去逛超市。可到了达孜，购物也成了必修课。

洗发水、肥皂、防晒霜、擦脸油、高原药品、擦鞋油、方便面、牙膏、口香糖、毛巾、脸盆、矿泉水、水果、方便面……从来没觉得需要买这么多东西，只要是生活必需品就必须得自己亲自动手了。

政府大门东侧有两家店，据说东西可以保证正宗，我也就成了那里的常客。在这两家商店买东西，所有的商品都没有标价，你也不用去问老板娘价格，东西拿好，老板娘计算器一通按，报出价格，付钱走人。

起初，我以为可能只有我这样，可是仔细观察发现，很多来买东西的人都是如此，令人有些惊叹。

不禁想起了达孜扎叶巴寺、甘丹寺、桑阿寺，寺庙的主殿角落放着一张藏式床榻，上面放着几种寺庙特有的商品，边上用夹子夹了一叠纸币零钱（在拉萨市是看不到硬币的），一张白纸，用藏文和汉文标注每件商品的价格，现场是没有销售人员的。你若有购物的需要，掏钱、拿商品、自助找钱，然后走人即可。这种诚信状态也是佩服了。

由于我在达孜工业园区管委会任职，也会选择去达孜的各类企业走访。一来达孜工业园区有一些藏族老板开办的企业，二来企业也在主城区范围内。

于非工作时间登门拜访，也算是交流感情、学习民风民俗吧。到了企业，藏族的企业老板是一定会献上哈达的。按照藏族礼仪，下级向上级，或者晚辈向长辈敬献哈达，一般不直接挂在脖子上，只献在手上，后者再将哈达挂在自己的脖子上，自己打个"祈福结"。

如果在藏历新年期间，企业就会敬献"切玛"，"切玛"也叫"吉祥斗"，是达孜逢年过节或重大喜庆时使用的民俗礼仪用具。象征着风调雨顺，五谷丰登，生活富裕，年年有余。

"切玛"为木制品，上大下小，外表精雕着花纹图案并描金绘彩，内部隔为两个箱子，使用时通常一个箱子放置糌粑等，另一个箱子放青稞和麦粒，上插青稞穗、酥油花瓣等。来客相见在互道"扎西德勒"之后，主人得向客人献"切玛"。当主人把"切玛"捧到客人面前时，客人要从"切玛"里捏一小撮青稞或糌粑，象征性地朝上抛撒三下，然后拈上一点放进嘴里，再送上"扎西德勒"等祝福的话语。抛撒三下的含义为敬天、敬地、敬朋友。

主客互相问候坐定之后，主人会端上一杯自酿的青稞米酒，恭敬地呈给客人，客人要先用左手端起酒杯，然后以右手无名指蘸酒并弹向天空（蘸三次，弹三次）。

需要特别注意的是，蘸弹的动作必须用右手，而且只能用无名指。喝敬来的酒，讲究是"三口一杯"：饮一小口，主人马上斟满；再饮一小口，主人再次斟满；一共要喝三口，第三小口喝下后，再斟满则必须将杯中酒一饮而尽。如果客人的确不胜酒力，则用无名指弹三次，然后喝上一口即可。

按礼节，接受敬酒时应站立起来用双手接过来饮酒。

喝酥油茶也是藏族的礼仪。主人倒满酥油茶，客人不必马上喝，而是要等主人端起茶碗敬上，客人接过来，喝后把碗递给主人，主人放在桌上再添满，有的也可自己端起来喝。假如客人不想再喝了，主人把茶添满后，也可以不喝，待到准备告辞时连喝几口，但不能喝得太干净，碗里一定要留少许茶底。

在和藏族同胞交流的时候，一定要知道藏族的语言习惯，藏族同胞不管用藏语还是汉语交流，在称呼别人时，在对方的名字后面都会加一"啦"字表示尊敬，如"格桑啦""波啦"（老爷爷）"嫫啦"（老奶奶）等，你一定要有谦恭的回应。

在西藏，不管是朝拜寺庙，还是路过佛塔、玛尼堆、经旗杆等，都要从左到右沿顺时针方向绕圈行走。

村寺的考验

在点点白云间，在浩渺山谷里，在潺潺河谷畔，不仅可以看到牦牛漫步的影子，你还会惊奇地发现，一座座藏家民居镶嵌其中，煞是好看。白色的墙、黑色的裙围、深色的窗，与蓝天、白云、绿水浑然一体，令人不禁会感慨起造物的神奇。

平均海拔4110米的生命禁区，正是藏家村寨、藏家儿女真实存在的地方，他们成就了这方热土的激情、魅力和千百年的传奇。

有村寨的地方就会有寺庙的存在。达孜历史最悠久、保存最完整的石窟佛寺，就在达孜扎叶巴村域范围内。准确地说，扎叶巴寺曾经是村民心中的信仰和供奉的主角。旧时向寺庙供奉，是不需要向当地行政机构缴纳任何税赋的，这也是西藏旧时的特色吧。

扎叶巴的村居散布在 13 公里长的扎叶巴沟中，海拔由 3780 米到 4550 米，险峻之极。

看着村里百姓黝黑的脸庞、和善的笑意、清澈如水的眼神，不安的心绪也淡定下来。

"热爱这方故土吗？" "热爱！"

"想离开这儿，去拉萨城里生活吗？" "不想。"

对于援藏身份的我而言，这还算什么考验呢？姑且在初春时节，感受藏家的淳朴、寺庙的神秘，听藏乡民谣、触高原云朵，感受扎叶巴山谷的四季吧。

山上的村落

扎叶巴寺早春

一竿斜阳三千丝，清溪空谷草尖迷。

叶巴古寺苔径处，红尘菩提依山居。

等闲陌上花开时，塞外江南有愁期。

云影邀来探莲意，青石心香如烟起。

西江月·达孜云朵

阳光蓝天静沐，白云长闲蹁跹。恍如不知来时，却已轻波留处。

碧水处云影里，天地间添白鸥。襟带缭绕云标起，那堪一地微澜。

西江月·达孜梅朵 ①

达孜天上净地，摇曳梅朵漫山。马踏飞燕登高，当是倾城一遇。

美云标净清风，天若晴岁月好。淡色安然一烟云，浅墨享受花语。

释义：天上达孜的云标，有着天空的力量，白云与天地交融，云影和碧水相依，形态各异，怎堪清寂，恰如点点白鸥戏水，还似马踏飞燕登高，清云与漫山的梅朵呢语，淡色安然，享受花语，云上达孜的妙然锦时。

高原反应

高原反应不是"病"，是可感受的真实存在，挥之不去。

高原反应如何"治"，心态、心态，需要足够强大的心理。

自从进藏以来，无论是醒着还是睡着，身体会一直有一种明显的感觉，干燥无力、呼吸困难、肌肉酸疼，等等。

回想起初次进藏前，竖着耳朵听内地的专家学者，讲述高原反应的症状及如何预防高原反应。然后遵医嘱、遵前辈援藏兄弟嘱、遵友人嘱，吃了10天的红景天胶囊。他们说这样可以提高心脏和肺部的耐受力，很好地保护主要脏器。

进藏时包包里背的有几盒红景天胶囊、消炎药、安眠药和丹参滴丸。

我们做的不是选择题，而是必答题，得答对并落实好。因为我们必须

---

① 梅朵，藏语"花儿"之意。

银装素裹

进藏三年，而且得做出奉献。

第二次进藏时，心态完全不一样啦。也没像第一次那样小心翼翼地吃上 10 多天的红景天，因为工作、学习不允许。回内地短暂休整 10 天时间，就得返回西藏了。

似乎再次踏上拉萨的土地，高反的症状也减轻了许多。这或可以总结为心态好则高反小。

忽然想起毛主席语录中的"战略上藐视敌人，战术上重视敌人"。从科学的角度分析，引起高原反应的因素有四：一是人体的血氧含量；二是体表外的湿度；三是心率的跳动速率；四是血压值。科学分析发现，人体对于高原反应的敏感度有两个临界值，海拔 2200 米、海拔 3600 米，到这两个临界值，人体会体验到较为明显的高原反应的感觉。

而我通过很长时间的观测，得出一个体会，这里分享给大家。

看血氧含量指标：在平原，正常人体血氧含量为 99，到了高原的冬季，血氧含量会降格到 80 左右；到了高原的夏季，血氧含量会上升到 90

左右。主要是因为高海拔地区的空气中血氧含量偏低、气压偏低，人体心脏吸氧和制氧的功能降低，血氧含量自然会降低。这也是进藏以后会感到胸闷的原因吧。

看体表外的湿度指标：内地晴天湿度为50%左右、雨季为80%左右，而拉萨河谷的湿度冬季为5%左右，夏天的雨季则可以达到45%左右，这也是为什么在拉萨会感觉到干燥。

再看心率跳动和人体血压的指标：刚进入高原，人体处于部分缺氧状态，要想完成正常的动作，就必须要消耗和在内地等同的氧气和能量，自然，心跳就会加快，血液流动就会加速。所以，静卧在床，心率可以维持在比内地略快的数值，只是一走路、刷牙，甚至大笑，心率便会飙升至100~120次/分钟，血压也会随之升高。

与计划进藏或者再次进藏的朋友共勉：抵达高原以后，心态再平和些、动作再慢些，常常做些深呼吸，记得携带基本药瓶和防晒、保湿用品，2~3天以后，便一切正常啦。

有一种说法，只要您身体有一定的耐受力，2个月以内的高原旅行，不会对人体造成什么伤害。所以，还等待什么，无须理由，仅凭"西藏""拉萨""达孜"这三个充满神秘诱惑的词汇，就值得来一场说走就走的高原旅行。

扎西德勒！

轻伤不下火线

援藏前，总觉得"轻伤不下火线"这句话距离自己很遥远。刚准备进藏时，总有朋友在闲聊时说"到西藏去工作，海拔那么高，待那么长时间，躺着都是奉献"，我当时也姑且听之，觉得这是些许夸张的表达吧，内心是不认可的。

到了西藏，斗转星移，时光如白驹过隙，再把这两句话联系起来，却有了别样的味道。

镇江来的援藏兄弟有个共同特点——乐观耐心、随遇而安。第一年的高原时光飞快度过，可到了第二年，却发现身体悄然发生了变化，有的兄

禅意格桑花

弟心脏出现了早搏，有的兄弟耳朵神经性失聪，有的兄弟眼角膜忽然充血了，有的兄弟记忆力衰退，还有的兄弟肠胃不适。

这也都是高原反应的常态，大家早就有了心理准备。刚进藏的那一两个月，由于气压比内地要低，氧含量比内地少，大家集体夜晚失眠，一个个不眠之夜里，脑海里浮现最多的话就是"躺着都是奉献"，是这样的吗？我们也会常常自问。

到过西藏的旅客及我们见到的医学专家都告诉我们，短暂2个月左右的进藏，一般不会对身体造成任何伤害，除非是高原过敏性体质。不管您信不信，反正我们是信了。

我们是江苏援藏干部的一分子，一点点的高原反应和身体不适，当然算不得什么，"轻伤不下火线"也就自然而然了。

达孜区委常务副书记贾云亮同志是我们的领队，他感觉记忆力明显下降，身体也出现了其他的不适应。可他却鼓励我们："同志们，让我们共同携手，战胜高反，展示江苏形象，胜利在望啦！"

达孜区委副书记、常务副区长李军同志在高原期间血压忽然飙升，他却认为，多睡会儿，血压自然就下降了，工作是第一位的。

达孜区副区长朱峰同志眼角膜持续充血一个多月，可他却乐观地说："没事儿，充血也是排毒，很快就会好起来的。"

拉萨市城市管理综合执法局副局长曹永忠同志，在海拔4000米以上的村落驻村，10多天时间没洗一次澡，也是常态。

拉萨市布达拉旅游和文化产业集团副总经理张玉龙同志，在一次出差途中忽然晕倒，到医院做了简单的处理，在伤口处缝了几针，第二天就到单位继续处理公务。

林林总总这些，都算是苦中作乐吧。坚守的是一份责任！

至于我蒋云峰，那自不必多说，工作、学习和高原的生活，都点点滴滴记录在文字里。

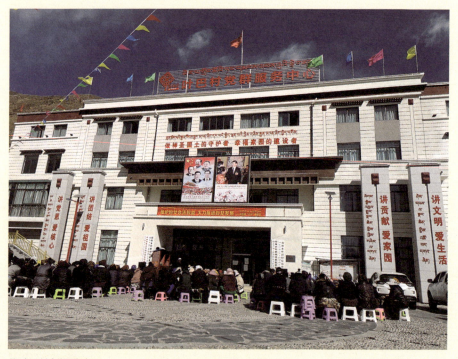

扎叶巴村文娱活动

　　在一次工作途中，我一脚踩空，不小心崴了脚，当时剧痛难忍，由于工作的忙碌，只做了简单的处理，就继续忙碌起来。

　　转瞬一月有余，在忙忙碌碌中，脚伤越来越重，不得已去达孜人民医院拍了骨片，居然是脚踝内侧骨头轻微应力性骨裂。医生提醒，得做好骨裂部位的固定和修养，愈合不好，就会有后遗症。

旅游项目调研

2017年达孜项目集中开工

是打石膏卧床休息，还是请个病假回内地调养？可是，在手的工作怎么办？单位的员工怎么办？一线的项目怎么办？

罢了，罢了。还是坚持吧。我跟医院要了 10 来卷绷带，每天晚上自己把受伤的脚骨用绷带绷上，在工作时间尽量减少步行，这算是两全之策吧。

援建工作当然才是最重要的。在基层一线，有地方干部的信任，有地方百姓的期盼，有寺庙僧侣需要解决的实际困难。

继续去项目点，继续向上争取项目，继续下乡、下村、去寺庙。"云上达孜"产业扶贫中心的项目还得抓紧开工，扎叶巴项目的征地还得给老百姓交底，已建成的项目得抓紧走市场，内地来的游客还需要去沟通，这些工作都是有时效性的啊。

"躺着都是奉献"这句话当然不可信了。人生能有几个三年？三年援藏又有几人可以经历？就算是"滴水穿石"般侵蚀身体，又有何妨？

地球的南极和北极，我们此生或许没有机会一睹真容了，可在世界的第三极，桃李不言，下自成蹊，实干兴业不言弃，让我们共同出彩。

ཁྲི་བསྐུགས་ཚོག་ཕུ་ན་ལུག་པའི་བོད་ལྗོངས། ས་གཙང་སྲུག་ཉི།

达孜县全域旅游宣传片

西藏 高原之上 旅游圣地

藏地神话、历史的文学性演义及通俗解读、陌魂的国际化语言与视角、弓弦对照、相似的看点。

雪域高原上的美食、美景、美好心情与沿途的人物等。

达孜全域旅游宣传片

在建的萨迦生态水循环厕所

达孜——在藏王部

援藏干部有幸在高原工作，有缘和当地干部群众一道，为祖国这方热土奉献力量，这是人生的精彩时刻。

"村干部"，一个特别的名词，在西藏同样代表着优秀、奉献和执着。他们或者祖祖辈辈生活在"高原生命禁区"，或者继承父辈在藏工作的传统，或者大学一毕业就义无反顾地来西藏工作，他们选择了青藏高原的美丽乡村。

我所"驻村"的邦堆乡扎叶巴村，原第一书记和村主任就是达孜基层优秀干部的代表，还有我们的藏族汉子春新区长。

春新区长

春新区长之前的职务是"县长"，直到 2017 年的岁末，达孜正式撤县建区，职务也就成了"区长"。

春新区长是典型的藏家汉子，他高高的个子，爽朗的声音，走起路来风风火火，眼神里满满的自信。

春新区长有两句常说的话，"凡是对达孜经济社会发展有利的事情要多做，凡是给老百姓带来实惠和收益的事情要多做"。

春新区长也是一直坚持这么做的。达孜社会的稳定、达孜经济的发展规划、达孜产业的布局、达孜重点项目的建设、达孜的社会事业……这些都是春新区长关注和推进的事。

近几年来，在春新区长的带领下，达孜区紧盯"两年脱贫、三年巩固"目标，实施造血、暖心、育才、手拉手民生工程，推进一批扶贫产业项目落地，实现分红 802.9 万元，帮助 3439 人脱贫，投资新建易地搬迁住房 644 套，实现 2548 人搬迁入住。

在他的努力下，达孜区的一、二、三产业科学布局，市场化推进，实施共享经济探索，净土产业成为全区发展的基础，绿色工业经济成为全区发展的核心，文化旅游产业成为全区发展的支撑。

在他的努力下，达孜区落实生态补偿岗位 8116 人，兑现岗位工资 2510 万元，累计投入 1330 万元补充大病统筹资金缺口，建档立卡贫困人口实现新农合全覆盖。已实现 1015 户 4001 人脱贫，贫困发生率下降到 0.58%，贫困人口人均可支配收入增长到 11892 元，顺利通过国家第三方评估组验收，实现脱贫摘帽。

在他的努力下，达孜区的公共财政持续向民生倾斜，全区开展高原风湿病、结核病、肝炎筛查工作，区人民医院新设胆囊切除、急性心肌梗死溶栓治疗、无痛人流等 11 项医疗服务，爱国卫生运动委员会挂牌成立，乡镇食药安全监管室成立，乡镇食药协管员、村级信息员队伍不断壮大，健康达孜建设不断深入。

在他的努力下，达孜区新增挂牌手机银行村 8 个，农牧民手机银行 100 余户，新开惠农卡 2000 余张，发放金额 2 亿余元，实现了农牧民各项补贴一卡代发全服务。以康复救助脑瘫儿童为主的"达孜区残疾人康复救助综合服务中心"挂牌设立，五保集中供养服务中心列入西藏首家国家级养老服务标准化试点单位。

全区每一个乡镇、每一个村的田间地头，都有他的身影。每一次抢险救灾、重大产业落地的现场，都有他现场指挥的镇定。达孜快速发展在路上，可春新区长却病倒了。

对于生病，他只是淡然一笑："没事儿，去医院开个小刀，然后和同志们继续工作，谋划达孜发展。"

春新区长也有工作上的烦恼：区里缺少新的经济增长点，支撑产业转型升级的大项目少，项目征迁和企业融资难度大，各级利益诉求多元化，大家干事创业的激情有待激发，援藏干部人才在达孜的援助时间短了，不胜枚举。

春新区长对待援藏干部，是班长、是同事，不是兄弟却胜似兄弟。春新区长会凝聚大家的力量，让在达孜的援藏干部一直感受家的温暖，感受高原创业的氛围，感受取得成果、服务高原百姓的喜悦。

春新区长说："达孜经济社会的发展清单上，有江苏镇江援藏干部人才的一份责任；达孜经济社会发展的成绩单上，更有江苏镇江援藏干部人才的名字。达孜人民不会忘记你们，高原人民不会忘记你们。"

清理山洪后的路面

次旺欧珠，准90后，却少生华发。

他毕业于西藏民族大学行政管理专业，本科，通过自治区公务员统一招考，分配到达孜邦堆乡政府工作。

在他的心里有着一个小小的目标：到最基层去，到乡村去，到更艰苦的环境中去，历练和提升自己。他选择了到扎叶巴村担任第一书记。

2016年5月23日是他到村任职的第一天，一上任，他便开始了紧张的调研、沟通、

加固抗洪堤

交流和工作的谋划。发挥基层党组织的领导核心作用，保一方稳定、维一方安全、促地方发展，是他主政的思路。

2016 年 6 月 30 日傍晚时分，由于 10 年未遇的连续大雨，村里山道边坡上的石头滚落，扎叶巴河谷的水位暴涨，冲垮了 1000 米的石头岸堤。次旺欧珠第一时间向乡里和区里电话汇报了灾情，第一时间组织村干部、护村工作队和村里的壮劳力，迅速组织受灾村民的转移，一直忙到凌晨 3 点，村里受灾的 20 户村民 97 人转移至安全地带。次旺欧珠没有休息，继续带领应急小分队，逐一检查所在村的 8 个自然村落，检查易发生次生灾害的地段，与赶来的救援队伍一道梳理冲垮的岸堤。一夜未眠，换来的是没有发生一起伤亡事故，换来的是扎叶巴村的平安。

农村土地确定所有权和使用权，稳定承包权、放活经营权，这是国家政策导向，也是扎叶巴村委会的重点工作之一。

流转土地，群众的观念转不过来。地租太低，村里老百姓没有产业发展的意识。村里还没有形成连方成片开发的氛围。

次旺欧珠带着村委会班子成员、村民代表，与上级部门沟通，与企业对接，引入净土公司承租村里 200 多亩土地，集中种植桃园，打造拉萨东郊的"扎叶巴村桃花沟"。仅此一项，就提供地方就业 50 多人次，平均每户年增收 5000 元。拉巴次仁就是其中的一户，他家里有 4 口人，2 个孩子分别在读小学和初中，把土地承包出去以后，安心放牧，日子过得更加踏实美满了。

2017 年年底，全区的村两委改选，次旺欧珠被交流到乡里的另外一个村担任第一书记，他憨厚的脸上没有一丝丝不快，依旧兢兢业业地站好叶巴村书记的最后一班岗。

2018 年上半年，组织提拔次旺欧珠为副乡级干部，是对他工作能力的肯定。

村基层组织的同志是辛苦的，村基层组织的同志是平凡而伟大的，我要为次旺欧珠点 100 个赞，并赋一首小诗。

浮　世

过往也是江湖，

情愁何必相忘。

率真经历沧桑，

春休又有何妨？

阿佳达珍

阿佳达珍已经不担任村主任了。

区里的、乡里的、村里的领导和同志分别去做阿佳达珍的思想工作，也包括我。

在卸下村主任职务的那一刻，她哭了，有感动，有纠结，也有无奈。她选择在乡里谋一份相对清闲些的工作。

按照她心里的想法，孩子在拉萨市区读小学，而自己却长年住在村里，没人照顾孩子，没法辅导孩子学习；自己是女同志，村里的工作没日没夜，最近明显感觉身体扛不住了；自己是工人身份，月收入也不算高，丈夫是旅游公司的大巴司机，终日不着家，与丈夫聚少离多……

这样的日子一直持续着，因为她的优秀、工作上的成效和在村民中的威信，组织上计划安排更重要的岗位给她。殊不知，这成了压垮她精神支撑的最后一根稻草。

阿佳达珍说，自己也不知道怎么想的，就忽然决定辞去村主任的职务了。

她原本是达孜邦堆乡政府的一名普通工作人员，谦虚勤劳、用心工作、群众基础稳固等，是她身上的标签。2009 年，她作为“下沉干部”到了扎叶巴村。“下沉干部”是西藏及边疆地区的专有名词，是指在各乡镇（园区）选派一批优秀、年轻、愿意作为的同志，到村两委去任职，强化村级政权建设、强化村级经济和社会发展稳定。

阿佳达珍的娘家就在扎叶巴村，父辈们的实在和在村民中的威信，为阿佳达珍开展基层工作打下了很好的基础。她做工作从来不偏心，宁可自己再辛苦些、多吃些亏，也不让老百姓受委屈。她从最初的村两委一般干部，到妇女主任，再到村委会主任，多个角色转换，也让她付出了更多的艰辛。她一心扑在工作上，主动放弃休假。这样的日子，一过就是9年。

舍得，是一份人生态度。舍得，是一种人生哲学。你我舍得，可成智人。是故，且行且舍得。

事业、家庭、孩子和自己的健康，这是一道人生的选择题，也是必答题。对于一名优秀的藏族女性，这也是一道难题。9年的付出说明了一切。

阿佳达珍新的工作岗位是邦堆乡政府的一名普通职员。

阿佳达珍想换一种工作和生活的方式。我向她表达最高的敬意和尊重。祝福她一切安好。扎西德勒！

❖❖❖❖❖❖❖❖❖❖❖❖❖❖❖ **焦素真** ❖❖❖❖❖❖❖❖❖❖❖❖❖❖❖

平凡的生活总有一些花絮让人心动，不变的是多年如一日的安静从容。

能够铭记心底的，是那些叩击灵魂深处的瞬间。我特别喜爱邦锦梅朵的朴实与顽强，当初目光掠过她的瞬间，我就决意要把"拉漂"的每个日子打理得有滋有味。

——焦素真（江苏援藏指挥部工作人员）

焦素真不是江苏人，可她却与江苏结缘、与拉萨结缘、与援藏结缘，她有个好听的名字，叫作"拉漂"。

海拔3650米的高原日光之城——拉萨，令多少内地游客望而却步。而在这一方神秘的高原热土、在江苏省援拉萨的人才队伍中，却静静地绽放着一朵"邦锦梅朵"——焦素真。13年的"拉漂"生活、4000多个日夜的含雨承露、斗转星移，让她爱上了这方热土，把青春和梦想奉献在了这里。

邦锦梅朵，雪域高原十分常见的蓝色小花，它紧贴地面，倔强生长，恣意地盛开，也是人们灵魂深处的"勿忘我"。其质朴与坚强，或许正像焦素真的执着追求。藏族人民把美丽的拉萨和雄伟的布宫，赞誉为家乡的邦锦梅朵。与怀有探秘和文艺梦想的"拉漂"者不同，焦素真的"拉漂"生活一开始就很"骨感"。2002年，28岁的她生意遭受了严重的挫折，为了偿还债务，与丈夫辞别了父母，远离了 6 岁的女儿，来到高原圣城拉萨，自此，与西藏结缘，开始了漫长而艰难的"拉漂"生活。

清晨 8 点，阳光才刚刚触及布达拉宫的金顶，多数拉萨人尚在梦中，抑或睡眼惺忪地刚钻出被窝，焦素真此时已步履从容地走向工作岗位。2013 年以来，焦素真的每个清晨都是如此。此前 10 多年的滚打摸爬，丰富了她的人生阅历，也锤炼了她的坚毅品格，让她在众多的应聘者中脱颖而出，成为江苏援藏指挥部的后勤经理，从此她拥有了一定的"职级"和相对稳定的工作。提及这些，她的平静与微笑中掩不住欣慰和喜悦。

焦素真工作认真，一丝不苟，与江苏援藏指挥部的特殊缘分让她格外仔细与珍惜。

"江苏援藏干部很实在、重感情、体谅人，从不把我这样的聘用人员当外人。有一次，我身体不适，指挥部领导听说后，立即安排车辆送我去医院，"她哽咽地说，"我在江苏援藏指挥部工作，真的有一种找到家的感觉，我把江苏援藏干部当成家人来对待，他们也是这样对我。好几位江苏

拉萨秋色

援藏干部回内地后，还经常给我打电话嘘寒问暖。"村上春村说，如果你不知道你喜欢什么，那么你真的迷失了。对于焦素真而言，这样的感受或许更加真切。

女性总有纤弱的一面。"这些年，最对不住的是孩子和父母，有时女儿不听话，我也不忍心责备她。"说起远方的家，一贯从容不迫的她也会热泪盈眶。"生活是现实的，我选择了工作，妥协了亲情，"她说，"好在我们已还清了欠债，拥有了自己的房子，生活会越来越好的。"是的，她和爱人在平淡而安稳的岁月里相依为命，一种充满艰辛和希望的相依为命让人觉得分外暖心。

女性也总有柔美的一面。闲暇时，她会和藏族朋友逛八廓街，淘藏式小饰品，或者在茶馆的甜茶香里度过美好时光，藏面、酸奶、风干牦牛肉、酥油茶……藏家的淳朴、藏餐的滋味，让她融入高原的好。说起今后的生活，这个温婉而坚定的河南女子依然是平静地微笑。"再过三年我就交满保险了，到时候就可以回老家好好陪伴父母和孩子了。"焦素真感叹道。当然，离开之前，她会一如既往地将烦琐的后勤工作做得有声有色，给"拉漂"生涯画上圆满的句号。

那时，她也许会舍不得离开，就像邦锦梅朵是她内心最深的依恋一样，"拉漂"的岁月将是她一生最美的风景，她也会成为一朵最美的高原"勿忘我"！

笑容温婉的焦素真在文艺范十足的"拉漂"圈子中显得颇为独特，已入中年的她洗净铅华，分外懂得心安之处的美好，将"拉漂"生活过得温暖妥帖、平静安详。她是江苏援藏指挥部的后勤经理，用灵巧的双手将琐碎的小事打理得井井有条；她更是无数内地"拉漂"人的代表，用辛勤的劳动创造着美好生活，与千千万万的援藏干部职工共同托举起高原"援藏梦"。

小 辛

鲁迅先生云，"待我成尘时，你将见我的微笑"、"岂有豪情似旧时，你将见我的微笑"。"从来如此，便对么？"这些也是小辛喜欢的话。

白纳沟骑行绿道

小辛并不是他的原名。他毕业于西藏大学，毕业后就来到达孜工作。小辛是个有故事的人，应他的要求，隐去他的真名和个人背景。

一次偶然的机会，我听过小辛讲述自己的故事，便送他一番心情，"人于生时，便会经历沧桑而丰富的旅程。岁月悠长而短暂，世事难料而充实，于旅途用心去感受风景，体验不一样的烟火，不用过多考虑将归于何处。当下，便是!"

大漠孤烟，奔赴天涯。小辛是藏二代，爸爸在西藏工作、生活了20多个年头。小辛出生在西藏、读书在西藏。

只是，高中发生了变化。为了让他接受更好的教育，爸爸把小辛安排到内地老家就读，小辛后来顺利考上了西藏大学。毕业后在达孜区就业，一切都在小辛爸爸的预料之中。可对于小辛，却是经历了很多。

在高中的三年，小辛心中一直有一个标杆——一个文静而秀美的女生，她是班级当之无愧的学霸、学习委员，英语和数学都特别棒，其他课程也不赖。看着她平时上课也不是十分吃力，可是每每考试，总分总会甩其他同学一大截子。

小辛是在西藏上的初中，虽然尽力赶、全力追，但成绩在班级里还是排在后面，对美女学霸也就只有仰视的份儿啦。

高一下学期，学习委员主动提出要帮助小辛辅导学业，班上好多同学都投来羡慕的目光。

人生满是荆棘，人生也是康庄大道。高二以后，小辛的成绩有了很大的进步，成了同学们眼中的优秀学生。

三年的高中学习很快过去了。

落花化作春泥，青春散成往事。在高中毕业典礼上，小辛看着主席台上学习委员和大家的交流发言，忽然有一种莫名的惆怅。她考取了内地的一所大学，从此将天各一方。

高中三年，小辛一直关注着学习委员。她出生在一个教师家庭，有着传统的教育、传统的思想观念和传统的行为方式。小辛喜欢和她在一起上课、喜欢向她请教问题，喜欢参加班里组织的课外活动。他小心翼翼地把这份秘密藏在心底，他不可以表达，因为学业，他不愿表达，怕她生气。如今，毕业在即，也只是远远地看上一眼，给予一个鼓励的微笑。

到了西藏，小辛和学习委员交流学习、交流大学生活，两颗年轻的心越靠越近。小辛是幸福和充实的。虽然，他们只是心灵深处的知己。

可不知哪一天，学习委员提出了"分手"！理由是两地相去太远，走到一起要面临很大的困难。拉萨海拔太高，她不敢来，更别提在高原生活和工作了。小辛竟然无法反驳这一理由，虽然他非常喜欢高原的工作和生活。

小辛告诉我，无论在拉萨抑或是在达孜，他都喜欢夜晚的星空。每每静下心来，看满天繁星，那么近，又是那么远，月晕如潮的天空，满满的喜悦、满满的色彩斑斓。天空划过流星，这一刻，这一颗调皮的天使，无意惊扰了天际，惊醒了尘梦。距离天空最近的旅者，印下相逢的喜悦，浓浓的高原情怀滋养心灵。

远离喧嚣，远离凡尘，做一只自由飞翔的黑颈鹤，天空之城的地方，与天堂星空为伴，在天际舞出优美的曲线，成就一曲凡间遍寻不到的绝响……

小辛告诉我，他很喜爱在静静的夜晚认真阅读，偶尔也会为远方的她写一段散文或诗歌。

在我心里，小辛是英雄。能够留在西藏工作的人，都是真英雄。为小辛的文采点赞，为小辛的淳朴感动。祈愿他和远方的她，两人相互理解。祈愿峰回路转，柳暗花明。留驻美好，得之坦然，真感情。共同携手，美丽人生。

达孜——在藏群众

作为援藏的一分子，与藏地结缘，与藏族百姓结缘。

藏族同胞是粗犷的，他们的粗犷是发自骨子里的，在山郊野外、在河谷湿地、在餐桌边，随时可以引吭高歌，载歌载舞，仿佛不知愁喜般。藏族百姓是有爱心的，每每参加一些市里、区里、乡里或村里的户外活动，总会看见一个个辛劳的身影，他们拿着简单的手提袋，在户外场地，捡拾着游客和参加活动的人留下的生活垃圾，不为其他，只为保护自己家园的美好环境，参与其中，乐此不疲。我的定义，藏家民族是快乐的民族。

藏家阿爸、阿妈是善良的。搭乘顺风车，是他们出行的主要方式，自然，提供搭乘之便也是我下乡或去外地开会的一项额外贡献。每每看到路边有阿爸、阿妈招手，我都会让司机停下车载他们一程。虽然语言不通，可一个手势、一个微笑、一个谦恭的弯腰，就是最好的交流。这也是很好的民族交往方式。我相信，在他们的心中，我就是家人、是朋友、是好伙伴。

❖❖❖❖❖❖❖ 藏 家 的 困 难 家 庭 ❖❖❖❖❖❖❖

援藏期间，我结对了 3 户藏族困难家庭，每年只要有时间，我是一定要去看看的，拉拉家常、聊聊困难，是必修课，谓之"结亲戚"。自然，每年春节以后进藏，"家访"也是第一件需要办的事，还沾着藏历新年的喜气儿呢。

因为我的到来，他们会变得忙碌，收拾屋子、打酥油茶、准备茶具。感动于困难家庭亲戚的淳朴，当我送上代表个人关心的慰问金时，他们总是不断地摇手，说家里啥也不缺，就希望我常去看看他们，喝一口本家的酥油茶，聊聊天。他们收下送去的物资，也显得很不好意思。藏家的淳朴，令人动容，就像手中的那碗酥油茶，香气袭人，让人难以忘怀。

结对帮扶，德庆老人（因病致贫、无劳动力）和孩子 2 个人住上了达孜区政府统一建设的异地搬迁藏式二层小楼；强巴卓嘎老人（因病致贫、无劳动力）和孩子 2 个人也正在申请达孜区政府的异地搬迁藏式二层小

楼。每每去这两位老人的家，老人都会拉着我的手，久久不愿放开，一直
用藏语重复着几个发音，这也是藏地老百姓心里的温暖和希望吧，我想。

飘雪的日子——达孜

二月初二，

龙抬头。

高原达孜，

又见尘雪飘。

云峰迷蒙，

镜湖裙袂，

大地安然。

阳光淡意，

雪原静若处子。

唐嘎藏乡，

藏鹤栖。

琼达村落，

寻访藏民居。

褚沿白圩，

花窗暖墙，

门幅禅音。

季节轻语，

人家安如莲意。

汝虽过客，

扶贫是。

藏家床榻，

还叙寻常语。

眉宇安然，

沧桑肤理，

酥油香茶，

共暖情绪。

心随冰雪世界。

归去。

尾声

小时候就知道文成公主的故事，那时感觉文成公主是遥远的。因为她生活在遥远的大唐盛世，因为她去了十万八千里外的西藏，还因为她终老于青藏高原。

可今天，我来了，沿着布达拉宫的石阶拾阶而上，触摸大昭寺、小昭寺斑驳的白墙，看着街角、建筑藏汉融合的风情，仿佛穿越，忆起唐代《陇西行》的描述："自从贵主和亲后，一半胡风似汉家。"

在西藏，第一次亲密接触文成公主这段历史，是观看拉萨河畔"慈觉林"演绎的《文成公主》大型室外实景剧。

1个多小时的演绎，每每看到高原青青月下清风、幽谷、雪絮、孤影的场景，伴着舒缓忧郁的音乐，文成公主面向来时的方向，低吟浅唱着"想……家……了……"那种浓浓的故乡情结会涌上心头，衍生并填满身体的每一个细胞。能够看到的是远方，回不去的是故乡！

40多年的西藏漂泊，40多年的思乡情结，40多年未添一子一丁。来时飘飘然，去时轻悠悠。一个弱女子，却成就了一段千古传奇。

藏王松赞干布的"大义之举"也好，藏地大臣禄东赞的"智慧之师"也罢，文成公主"政治联姻"中的无奈，丝毫不逊于"最浪漫的爱情故事"。她跋山涉水，远嫁吐蕃。她知识渊博，开化吐蕃国的藏族同胞。她带来了唐朝的织布、

《文成公主》演出

大昭寺白墙

绘画、纺织、医学、农牧业等技艺，她还带来了诗文、佛经、史书、医典、历法等典籍，据说在达孜区落地的"苦水玫瑰"种子，也是她带到西藏的。

她带来的释迦牟尼十二岁等身像，依旧供奉在大昭寺内，至今仍为藏族同胞所膜拜。在藏传佛教中，文成公主被认为是绿度母的化身，可见藏族人民对文成公主是多么的挚爱。

达孜区城以东的金色池塘湿地边上，有一个不大的藏家村落，村落里有一处不大的遗址遗迹，据说是文成公主的家庙。这是文成公主抵达拉萨前休息、休整之地，她曾在此地沐浴更衣，以崭新的容颜进驻"逻些"（拉萨在盛唐时期的曾用名）。

约公元6世纪末7世纪，崛起于山南一带的雅隆部落，势力扩张到拉萨北部。松赞干布的父亲囊日伦赞统治时，在娘、韦、嫩等家族的配合下，攻入赤邦松的堡寨，占领了拉萨地区。此后不久，松赞干布继位。

松赞干布是西藏历史上的著名人物，骁勇英略，他将政治中心从山南

寺　径

移到拉萨，唐朝称其为"逻些"。公元 633 年，松赞干布在拉萨建立了强大的吐蕃帝国。

公元 643 年，文成公主抵达拉萨。松赞干布为她修建了布达拉宫、大昭寺、小昭寺等建筑群。

现在的大昭寺广场，依旧有一棵千年古柳的树桩。当地人都知道，那是唐柳，又叫文成公主柳，是 1300 多年前文成公主从几千里外的大唐带来并亲手种下的。

"候馆梅残，溪桥柳细，草熏风暖摇征辔。离愁渐远渐无穷，迢迢不断如春水。"当母亲折柳相送时，文成公主就与故土远离，离愁也从未从心头消去。这棵唐柳是藏汉一家亲、缔结姻缘、民族统一的历史见证。

于高山处遥望盛唐。一处乡音，一地萧瑟。与边疆地，忆长安。佛在心中，却苍茫。这可能是文成公主当时的心境了。

在大昭寺边上的八廓街，偶遇一位藏家小伙，他看到我对着古柳的树桩发呆，就和我攀谈起来，当知道我的援藏身份后，肃然起敬，他神秘地对我耳语："知道吗？文成公主是第一个从中原派来的'援藏干部'，她可是我们心中的活菩萨呢！"

我和他对视一下，浅笑！

布达拉宫的冬

扎叶巴山谷

在援藏的日子里，常常会自问，什么是快乐？

经常回想起来那一幕幕的遇见，拉萨的天空，还有达孜的天空，它们是蔚蓝的，如一方墨蓝的画布，洁白的云朵镶嵌其中，风儿起时，浮云便绘出百变的图案，美若天成。

西藏，这里的百物百态都是有味道的，秋色的味道，夏夜的味道，远山的味道，还有拉萨河谷的味道……只要你想知道，用心，就一定可以闻到。

你看，落日余晖，山那边露着半边脸的太阳，天空中先是耀眼的、金色的，渐渐变成了赭红色的、暗红色的，然后再灰暗起来，继而太阳和阳光都住进了山里，夜幕如约而至，繁星点缀着夜空。身临其境，那洁白的云朵，被染成了金色，继而成了血色的火烧云，然后在夜空淡然，偶尔一两颗调皮的星星挂上树梢，在云朵中眨巴眨巴眼睛，有点儿俏皮。这是怎样的一幅场景？这是高原的味道，它是百味的。

在这样的环境里，人们总会走心入神，任流年悄逝。而我，也不禁想

火烧云

田间的藏家孩子

起，来拉萨的 60 多位江苏援藏兄弟姐妹，还包括到拉萨来工作、旅行的江苏人，他们很普通，他们又很不普通，来自鱼米之乡，又都有高原的缘分和情怀。三年或一年的高原援助时光，或者更短的高原历程，大家都置身其中，洁净的空气中不算丰盈的氧气，明媚的阳光下不算湿润的空气，那可是挑战身体、考验心灵，可他们都欣然融入。

那么，在西藏的快乐究竟是什么呢？我常常不自觉地陷入沉思，它是一个时刻、一段时光，还是一次努力？

快乐是一种感觉，亦是一种直觉，由心而生。

快乐也能汲取养分，从大自然中，从不同的民族中，从为了生活而工作的琐碎中，从我们共同的援藏事业中，不断地汲取。汲取便可融入，融入便会给身边的人带去更多的快乐。

江苏人在西藏，他们在高原努力工作，和藏族朋友盘膝坐在藏家的藏式靠椅上，藏家阿爸紧握援助人员的手、用满是沧桑的额头轻触，看望藏家小学的孩子，八廓街偶遇的藏家阿妈的相视一笑，那一大碗可口的酸萝卜小菜配打卤藏面，还有高反袭来的头疼胸闷……这些都是快乐，抑或是快乐的元素吧。

快乐，真实存在于援藏工作、生活的点滴，有付出便会有快乐，走心的青藏高原体验与付出，如此甚是、甚好！

快乐是生命中的一个个感叹符，真实质朴，无数的它们链成一条条优美的生命曲线。只有清晰快乐，才可更好地认识世界，更好地改造世界，改造自我。

为在西藏坚守的援边人点赞！

又是一年清明季

又是一年清明季，转眼在青藏高原即将三个年头。身在边陲地，守边援藏。

拉萨上空，一直都是阳光明媚，这几日，太阳却藏进了厚厚的云朵里，少了灿烂千阳，天气似乎又有了初春的凉意。

清明，在提醒我们记住逝去的，或者那些镌刻的记忆。清明，是四月天的朱砂、春的记忆。在这里，我把高原天地间的徘恻写在记忆里，写在援边手记里。

应天长·达孜愫

山空鸟静，旧石砌光阴，苍苔有痕。独守清明，纸鸢高处东风。斜阳凭谁问。牧童笛，只盼春逢？达孜域，万里边陲，凉夜春深。

人家庭院灯。杳杳杯正惢，长暮一帧。水影流砂，洗净千华纵横。梧自在野生。守边关，去留无意。泗染埂。此心安处，平仄征程。

释义：空空的高原山谷，寂寂的旧石矮墙，诉说着光阴的故事，苔藓倔强地存在。独自的清明，仰望天空放飞的风筝，那是东方吹来的风。淡淡斜阳，牧童吹着不知名的乐笛，那是在欣然相逢春天里吗？万里边陲，凉夜春深。

看藏族村寨同胞家里的暖灯，依稀看到觥筹交错，这仅仅是长夜的一幅画面。拉萨河水，还有水里的砂石，千华纵横，那高大的直木，当然会在野外长久地生存。静守边关，不去想此刻身在哪里，那喷墨田野的国画，就在安然心中，在江苏援藏干部人才的事业征程里。

醉东风·清明

夜阑独吟，栎咫尺天涯。百草起芽愁春雨，桃李报晓探春。

琳琅满目春景，雁声折柳问沓。灞桥萧瑟春溪，作别悄拾春丫。

释义：夜色阑珊中独自吟品，纵使路途天涯亦是咫尺，内心如栎木般坚定。那满山遍野的百草才露尖尖角，是在忧愁迟到的春雨，可桃树、李树上的花朵却扣开了春的窗户。

那琳琅满目的春色，那远处的大雁声，触动了春柳，触动了山溪。忽然想起陈忠实《白鹿原》中"灞桥折柳""戍守边关安泰"的典故，在春溪边，捡拾春泥上的小枝丫，斯人已去，作别萧瑟。

山谷

望江南·菩提树

菩提树，人间驿道庵。梵音年年空堂燕，婆娑一叶千里音，达孜望江南。

释义：一树一道，一道一荫。年年清明，袅袅梵音，那春天的燕子，衔着新叶飞入百姓家，传去千里音，身处达孜的游子目向着南方，思绪回到江南。

行走的力量，在于走进西藏

行走的力量，在于走进西藏，走进内心，让自己充满正能量，有着更多的耐心和坚强，有着更大的感悟和力量。

佛曰，前世 500 次的回眸，才换得今生的一次擦肩而过，悲欢离合，缘起缘灭。而我，或许是一世的修为，才有了今天与你的遇见。悲也好，喜也罢，心灵的相约，还我前生的债，修我后世的缘。

三年，1095 个日夜的守护，请给予我行走西藏的力量。

凡尘里醉美的遇见——达孜

达孜，

相遇是缘，

相逢是五百年前的一次次擦肩。

那年的经水流年，

我或是，

一株小树，

汝或为，

一枚青石。

不负流年不负卿，

纵已，

树木成荫，

纵已，

三生石上，

花意扎叶巴谷

却，

惊喜地遇见。

流年里，

久别重逢的喜，

流年里，

淡然于心的美。

达孜，

你是高原一株雪莲，

卿本无根，

却千年花开，

化外一方，

山水相伴从容。

拈花一笑，

数载光阴，

朗朗乾坤。

记忆无言却不随风，

初识模样，

尘埃不染，

品之淡然弥香。

今夜清月，

相思几许，

心绪飘落织梦，

愿为君狂，

逍遥山林间。

达孜，

你是我前生的知己，

今世的知音。

于斜阳处，

寻那一枚青莲，

达孜野趣

锦瑟流年。

岁月静好，

青煮暖文，

放逐人生逝水，

遥盼久别重逢。

西风无力，

云衫如絮，

一袭落叶愁。

随，

一夜暖风至，

喜，

一束繁花意，

于瓶中，

悄然绽放，

一隅春色静美。

妙然清欢，

墨我情田。

　　我们一直在路上，不知下一刻将身处何方，但这又何妨？

　　援藏三年，说长也长，说短也短。忙忙碌碌中时光飞逝，铭记的是年轮、是感动、是收获，忽然发现，这些高原的时光，那么的亲切，又可观可感。

　　如果能够擦肩，请付出真心的微笑；如果我们遇见，请共同完成缘分的祈愿；如果可以珍藏，请今生再续这一场圣城拉萨、云上达孜的缘！

　　之前没有那么安静、那么认真地思考人生，也没有过多去考虑下一刻会发生什么。可自从到了西藏，所见、所闻、所想，常常假设下一刻可能会发生的事，不断触及时好时坏的心境和不一样的感动吧，感受古人所说的"静则思、思则悯"。

　　在路上，会需要一个人、一个地方的帮助，也会有一个人、一个地方需要你的帮助，这就是一直行走向前、行走西藏看沿途的风景的动力所在吧！

　　徐志摩诗云"我轻轻的招手，作别西天的云彩"。任何美好的、开心的、充实的、忧愁的乃至悲伤的，都将成为明天。高原之行是修为，返回江苏终有时，悄然想起，方不舍。

　　再见，达孜！

　　再见，拉萨！

　　再见，我心中的青藏高原！

　　扎西德勒！

云上达孜

后　记

谢谢您耐心读完了这本书。

有朋友问我：为啥想到在高原写书、出版书呢？

我淡然一笑：因为内心的真实想法，因为援藏行为的坚守，因为身边点滴的感动……

一位在西藏相遇的好友，看了我通过微信客户端发布的"江苏援边手记"，这样评价："读你的文章，清新脱俗之风跃然纸上，平静而细腻，内敛又不失热情，用淡定的呼吸书写从容的味道。"

这就是我想出这本书的动力和源泉吧。朋友的话是对我最高的褒奖。既然遇见请用心，既然握手请用力，这些文字仅是古风明月、高原生活中的点点滴滴，可这足以感动我自己，这是我能做到的，也是我可以做到的，记录下那些瞬间的感动和心动。在三年援藏的路途中，与读者们分享，愿给大家带去不一样的体验，仅此而已。在此，要特别感谢小A家的饭团、王昌颖、戴衍、龚怡等为本书提供的精美图片，影像青藏高原的美丽动人。

我自风中流浪，轻轻挥去烦忧，却是葱荣岁月，三年西藏行。一段遇见，亦浅亦深。一支素笔，仅记苍生。悠然间，带给您来自高原的淡定和从容。

达孜，欢迎您。拉萨，欢迎您。

叶至万里，一诺承君。相约有期，后会有期。

图书在版编目(CIP)数据

行走西藏的力量：三年援藏行，一生高原情 / 蒋云
峰著. — 镇江 ：江苏大学出版社，2019.6
ISBN 978-7-5684-1121-9

Ⅰ. ①行… Ⅱ. ①蒋… Ⅲ. ①中国文学－当代文学－
作品综合集 Ⅳ. ①I217.2

中国版本图书馆 CIP 数据核字(2019)第 093896 号

行走西藏的力量：三年援藏行，一生高原情
Xingzou Xizang de Liliang

著　　者/蒋云峰
责任编辑/吴小娟
出版发行/江苏大学出版社
地　　址/江苏省镇江市梦溪园巷 30 号(邮编：212003)
电　　话/0511-84446464(传真)
网　　址/http://press.ujs.edu.cn
排　　版/镇江市江东印刷有限责任公司
印　　刷/扬州皓宇图文印刷有限公司
开　　本/718 mm×1 000 mm　1/16
印　　张/15
字　　数/240 千字
版　　次/2019 年 6 月第 1 版　2019 年 6 月第 1 次印刷
书　　号/ISBN 978-7-5684-1121-9
定　　价/88.00 元

如有印装质量问题请与本社营销部联系(电话:0511-84440882)